香華宮の転生女官２

朝田小夏

角川文庫
23337

目次

南凜(＝長峰凜)
現代から中華世界に転生し、
香華宮で働く女官となる。
現世のスキルで人気者に。
明るく前向きな性格。
趙子陣
南凜の義兄で皇帝の甥。
一本気で礼にうるさいが、
凜のことを何かと
気にかけている。
徐玲樹
皇帝の隠し子。その美貌で
皇宮の女官たちから大人気。
凜に興味を持ち、
利用しようと近づいてくる。
イラスト／べっこ

主な人物紹介

趙子陣（ちょうしじん）

皇帝の甥で、南凜の義兄。
皇帝の身辺を警護する
皇城司のトップ。
一本気で礼にうるさい。

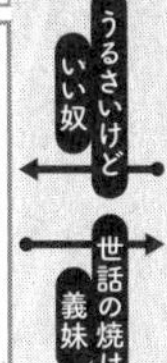

長峰凜（ながみねりん）

苦労性の28歳OLだったが、
転生し、女官・南凜となる。
モットーは
「働かざる者食うべからず。」

気にくわない

警戒

好意

気になる

悠人（ゆうと）

凜の元婚約者。凜を助けようと
車道に飛び出して
自らも轢かれてしまい、
中華世界に転生してきた。

徐玲樹（じょれいじゅ）

都承旨を務める、
皇帝の隠し子。
凜に興味を持ち、利用しようと
近づいてくるが、実は……。

成王（せいおう）

皇帝の弟で子陣の父。
政治に興味がなく、
邸を賜って
のんびり暮らす。

完掌苑（かんしょうえん）

後苑のベテラン女官。
凜を目の敵にし、
何かと
嫌がらせをしてくる。

秦影（しんえい）

子陣の腹心の部下。
情報収集能力に長け、
潜入調査も行う。

趙冉（ちょうぜん）

時の皇帝。
毒を盛られ、
生命の危機に陥った。

呱呱（ここ）

凜のペットのアヒル。

小葉（しょうよう）

凜の侍女。かつて後宮で働いていた
こともあり、よく気のつく性格。

司苑（しえん）……香華宮の庭（後苑）を掌る女官の役職。

皇城司（こうじょうし）……皇帝直属の警察部隊。

都承旨（としょうし）……皇帝の側近。

内監（ないかん）（宦官（かんがん））……後宮に出入りできる数少ない役職。

第一章　湖の死体

1

「おい、凜（りん）、まだ食べる気か……」

「あの店も見てみようよ。なんか人がたくさん並んでる！」

春、三月——。

うららかな日の光が柳に差し込む午後、凜は少々あきれ顔の子陣（しじん）と西湖（せいこ）の繁華街を歩いていた。

凜の右手にはサンザシ飴（あめ）、左手には胡餅（パン）。脇には棗糕（そうこう）というナツメが入ったカステラの包みを抱えている。

二人は人混みを押しわけて「糖霜蜂児」と書かれたのぼりが揺れる露店の前に並んだ。

「美味（おい）しそう！」

凜の横を四人の少女たちが笑い声を立てながら走っていった。

母親に手を引かれた幼子が、長いサンザシ飴の棒を危なっかしく持つのは可愛らしく、瓢箪（ひょうたん）に酒を入れた粗衣の男が、湖のほとりに座り込み、顔を赤らめて飲んでいるのも今日という日には微笑ましい。

冬至から百五日目を「寒食（かんしょく）」という。冷たいものしか食べられない日が二日も続き、そうして三日目に訪れる日を「清明節（せいめい）」という。これは日本でいうお盆にあたり、貴族も庶民も食べ物を持って祖先の墓へピクニックを兼ねたお参りに行く日だ。

凜は子陣に誘われ、郊外の西湖まで足をのばしていた。

「おい、凜、糖霜蜂児がなにか知っていて並んでいるのか」

「ううん。でもみんな並んでいるから美味しいはずでしょう。わたしは美味しいもののためなら並ぶ派なの。原宿（はらじゅく）のレインボー綿菓子も並んだし、チーズタッカルビも並んだ。タピオカなんてヤバい時には一時間くらいかかったんだよ？　ああ、マリトッツォ……今頃、日本ではなにが流行（はや）っているのかなぁ……」

「……辺境の食べ物か？　よく分からないものばかりだ」

凜の順番が回って来た。手渡されたのは砂糖でコーティングされた白いもの。

「なにかな？」

凜は、一口食べてみて——。

「うん！　美味しい！」

にんまりと口の端を上げる。子陣がげっそりとした表情になる。

「美味いか？」

「美味しいよ。食べる？」

ひとつ竹串で刺して子陣の方に差し出すと、子陣はいらないとばかりに大仰に手を振った。露店の食べ物は不衛生だからと絶対に食べない主義らしい。

「なんで食べないの？　一個くらい食べてみて、本当に美味しいから」

「凜、それ……ミツバチの幼虫だぞ……」

「幼虫……」

凜は手を止めて固まった。

――ようちゅう……。

よく見れば、たしかに幼虫の形だし、食感も幼虫な気がしてきた。

凜の頭の中は蜂の巣に蠢く無数の蜂の子で一杯になった。が、美味しいと言ったのは嘘ではない。日本にも蜂の子の佃煮はある。

気を取り直し、凜はもう一つ口に放り込む。よくよく嚙んで、味わってから笑顔になった。

「うん。美味しい。蜂の子がこんなに美味しいのを知らなかったなんて、人生無駄にしてたかも」

子陣は埃やら蝿やらを扇子で払いながら、ため息交じりだ。

「凜の適応能力の高さには感心するばかりだ」

「杭州の露店の食べ物はどれもいいよね。宮殿の食事は味も薄いし、いつも同じで飽きてしまう……」

「なら、時々、成王府に帰ってくればいい。好きなものが食べられるぞ」

凛が昨年の冬、皇帝の命を救ったご褒美としてもらったのは、現金だけではなかった。

「有給」と「外出許可」を得た。

この世界には労働者の権利などない。特に香華宮では、宮人女官など年季が明けるまでは、奴隷のように働くのが常。しかし、凛は「皇帝陛下の命の恩人」。他の人には許されない、定期的な里帰りが許された。だから、こんな風に清明節の雑踏で食べ歩きなどができ、義兄もたまには実家に帰って来いなどと言ってくれる。

「あ、お義兄さま、見て見て！」

凛は道の反対側に羊肉を売る店を発見し、走り寄った。

「おじさん、この胡餅の中にお肉入れてくれませんか？」

「あいよ」

具なしの胡餅の間にポケットをつくって、羊肉をたっぷり入れてもらう。即席のハンバーガーだ。小銭を渡し、巾着を確認すると、まだ小遣いは十分にあった。凛は、すぐに一口目をぱくりと食らいつく。山椒が利いた深い味がし、たっぷりと肉汁が溢れ出た。

――うん、美味しいっ！

二口目は、羊の脂を吸い取って軟らかくなっている胡餅だ。肉の弾力とも相性がいい。

凜は袖をたくし上げ、肉汁が衣につかないように気をつけながら食べた。ゆっくり食べたつもりなのに、手のひら大の羊肉入り胡餅はあっという間になくなった。

凜は、かすのついた手をはたきながら顔を上げる。すると腕組みした子陣のいつもの小言が並んだ。

「叱る元気も出ない。それでも女官か。皇族の品格を忘れるな」

「まぁまぁ。今日はお忍びじゃない。固いことは言わないで。それにもうお腹いっぱい。これ以上、食べないから安心して」

お腹をさすって見せた瞬間、凜はもっこ担ぎの向こうに「天津飯」と書かれた黄色い吊り下げ旗があるのを見つける。

――天津飯？　あれって日本発祥の食べ物じゃ……？　なんでこんなところにあるんだろう――。

凜はくるりと天津飯の方へと足を向けようとして、子陣にぐいっと襟首を摑まれた。

「おい、凜、なにか忘れていないか」

「えっと？」

「……墓参りだろ、墓参り」

「ああ……そうだった。それが今日の目的だった……ごめんなさい、お義兄さまのお母さまの墓参りだったのにはしゃいじゃって……」

「普段、香華宮で息が詰まる生活をしていることは、わかっている。でも清明節の目的を先に片付けよう。買い物はそれからだ」

「お墓はどこにあるの？」

「あの坂を上ったところだ。行こう」

「うん」

凜は慌てて真剣な顔を作ると、口の周りを指で拭き、義兄の後についていく。米を担ぐ驢馬を回避し、サトウキビ屋の角を曲がると山へとつづく坂道があった。

子陣が言うには、実母は幼い時に亡くなったそうだ。成王の正妃である周妃は、継室ということになる。とてもいい人なので二人の関係は良好だが、子陣の母を思う気持ちは、今も薄れていないのだろう。

二人は人混みから離れ、山の細い道を上り始めた。しかし何歩も行かないうちに、子陣がはっと立ち止まる。

「紙馬鋪に行くのを忘れていた。凜、ここをまっすぐ上れば墓がある。すぐに分かるから先に行って待っていてくれ」

この世界の風習では、張りぼてで作った楼閣や紙で作ったお金を墓前で燃やす。死者があの世で生活に不自由しないように、という願いをこめているのだという。行き交う人、誰の手にも張りぼてがあったのに、それを売っている店に行くのを忘れたのは、凜の食べ歩きに子陣が付き合ったせいだろう。

「分かった。先に行ってる」

凜はおやつを袋にしまうと、ゆっくりと坂を上り始めた。初めは良かったが、だんだんと急な坂となり、新品のしゃれた靴では歩きづらくなってきた。

一休みしようと、腰をさすりながら来た道を何気なく振り返る。すると――眼前に西湖の全貌が見えた――。

「ああ……」

周囲、三十里あまりもあるという湖水はずっと向こうまで続き、畔は松や柳で蒼く、赤い亭が佇んでいる。反対の岸は、高官たちの別荘地だろうか。楼閣や堂、庭園が見え、その景色は息を飲むほど美しかった。

「きれい……」

成王がここを子陣の母のための墓所とした理由が分かった。

――お義父さまはお義母さまのことを愛していたんだ……。

凜は子陣の母に会ったことがないし、日頃誰も彼女のことを話題にしないけれど、この場所に墓があるというだけで、成王の愛情の深さを感じられる。初夏になれば、湖面の蓮のつぼみが開き、涅槃の花は死者の眠りの前に咲き乱れるだろう。

――お墓はまだ上なのかな？　坂きつっ。

再び坂道を上り始めると、子陣が言ったとおり、石でできた立派な塚が見えた。しかし、先客がいた。身なりのいい男性だ。

控えめな老竹色の衣を着ているが、身分の高さは隠しきれない。髻は結っておらず、現代でいうハーフアップのようにサイドの髪を一房取って銀のシンプルな飾りで留めている。酒を捧げた後の祈りは長く、こちらに気づいていない様子だ。

「あの……」

凛は、声をかけた。そして振り返った男の容姿に思わずびっくりした。人離れした端麗な顔立ちだったからだ。

――まぶしすぎる！

二十代後半くらいか。瓜実顔で、化粧などしていないのに、着飾った妓女などよりよっぽど魅力的で色気がある。

貴族だと思われるが、神職だと言われても違和感がない。とにかく、なかなか見られない美麗な人で、「さん」でも「殿」でもなく、「さま」で呼びたくなる雰囲気だ。それなのに、相手の方が凛よりよっぽど驚いた顔をした。

「もしや……凛掌簿、ですか？」

こちらのことを知っているようだ。ということは、香華宮の者なのだろう。凛は頭を下げた。

「あ、はい。内東門司の南凛です。お祈りをじゃましてすみません」

「そんなことはありませんよ」

彼は立ち上がり、拝手する。思ったより長身で、百八十センチくらいはありそうだ。厳しく躾けられたのか、所作もきびきびとしている。凛は緊張して香華宮式の拝礼を返した。彼の手には花束がひとつ。

「あの……失礼ですが――」

「あ、ああ。ご存じないのは当然です。私が、香華宮に出入りするようになったのは最近のことですから。ご挨拶いたします。枢密院都承旨、徐玲樹と申します」

凛は都承旨という官職がなにをするのか具体的なことはさっぱり分からなかったが、皇帝の側近であることだけは知っていた。直接皇帝とやりとりをできる数少ないポジションで、官位は五位。信頼の厚い寵臣から選ばれているはずだ。

「あ、はじめまして……」

人見知りというわけでもないのに、美形の前では妙に緊張してしまう。彼は凛に微笑みを返した。

「そんなに硬くならないでください」

凛は肩の力を抜く。多少、近寄りがたい雰囲気があるとはいえ、紳士的で知的な感じの人物だ。

――よかった。悪い人ではなさそう。でも、どうしてわたしのことを知ってるんだろ……。

彼は凛の懸念に気づいたようだった。扇子の房を弄ぶと、少し茶化すようにこちらを見る。

「先日、成王府に伺ったところ、殿下からあなたのお話を聞きました。『心配だ、心配だ』としきりにおっしゃっていたのです」

凛は苦笑する。成王がさも言いそうなことだ。

「お義父さまを心配させてしまっているんです、わたしが女官なんてやっているから」

徐玲樹は頷いた。

「『くれぐれも頼む』と何度もおっしゃるので、こちらからご挨拶をしに伺おうと思っていたところなのです」

「本当、お義父さまは心配性なんです……どうか、気にしないでください。わたし、これでもなんとかやっているんです」

凛は思わず頰の紅潮を両手で隠す。徐玲樹はその仕草を微笑ましいと思ったのだろうか。帯から飴の入った袋を取り出し凛にくれた。

「凛掌簿は、殿下に大切にされているのですね」

凛は素直に同意する。

「わたしもお義父さまのこと大好きなんです。優しくって、血が繫がっていないのに、愛してくれている。とてもいい人だし、家族思いなんです」

「ええ、本当にそう思います。私が科挙に合格した時も、『よろしく頼む』と成王殿下は方々に足を運んで頭を下げてくださいました。ありがたいことです」

そういえば……と凛は首を傾げた。成王府を訪ねたと言っていたが、この人は成王とどんな関係なのだろうか。訊ねようとした時、坂を駆け上がってくる足音がした。徐玲樹の眉が寄る。

「郡王殿下ですか」

「あ、はい。たぶん。一緒に来たんです。忘れ物をして、それで――」

徐玲樹は話を最後まで聞かずに花束を凜に手渡した。

「私に代わって手向けてくれませんか」

「あ、はい」

「それでは、失礼いたします」

彼は簡単に拝手し、坂道を下り始める。子陣と鉢合わせになるとただ会釈だけし、無言で立ち去った。

子陣の方は拝手すらせず、しばし徐玲樹の背を見たあと、墓の前に立つ凜に訊ねる。

「あいつが来ていたのか」

「あ、うん」

子陣は花に目を落とし、視線を徐玲樹が消えた方へと向ける。

何かあるのだろうか。凜の探るような視線には答えず、子陣は花を奪って雑に供え、紙でできた銭をいっぺんに燃やす。張りぼてで作った楼閣にも火をつけ、炎がぼっと赤く広がった。そしてしゃがみ込んだかと思うと彼は、墓前で一度だけ頭を下げて、目をぎゅっと瞑り、あっという間に墓参りを終えてしまう。あまりに簡潔で凜はあっけにとられた。

「もう少し情緒があるお参りはできないわけ？」

凜は風で散らかった紙銭の灰を銅の祭器に片付けながらこぼした。しかし、子陣は西の空を指差す。日は傾き始め、湖面が銀色に輝いていた。

「すぐに日が暮れる。その前に竜舟は見に行くだろ？」

「なにそれ？」

「舟だよ、舟。速さを競うんだ」

「ああ！　竜舟⁉　ドラゴンボートのこと⁉　知ってる！」

スイカを切って食べ残った皮のような形の舟に二十人ほどが漕ぎ手として乗り込み、五艘でレースするのだという。アジアでよく見られ、凜も昔テレビで見て知っていた。

子陣が凜に手のひらを差し出した。

「小銭はあるんだろう？　賭けてみよう」

凜は懐を探る。銅銭が詰まった巾着はどっしりと重い。

「いいけど、賭けなんてしていいの？　それに自分だってお金があるのに……」

「俺は金など持ち歩かないんだ。ツケでなんでも買えるからな。それに竜舟競漕は民の楽しみだ。銅銭こそがふさわしい」

子陣は凜の肩を叩いて湖の方を指差した。

「見ろ、始まりのドラが鳴るぞ」

2

「お義兄さまが赤い舟がいいなんて言うから、全財産をすったじゃない……」

「青い舟がいいなら青い舟に賭ければよかったのに」

「だって、絶対に赤だって言うから……」

声援を送って嗄れた声で、凜は子陣をなじった。そして未練がましく空の巾着を折りたたむ。子陣は自分の金ではないからどこ吹く風だ。日没の西湖には、先ほどまで速さを競った七色の舟たちが、夕日に旗を燦めかせて岸に戻ってくる。賭けに勝った者も負けた者も手を大きく振って舟を迎えていた。

「さて、帰るか、凜」

「え、もう？　まだ帰りたくない」

清明節の杭州といえば、眠らぬ夜だ。夜市は明け方まで開き、酒楼や茶房もある。まだ夜は始まったばかりで、帰るには早すぎる。

見れば、遊興の船がいくつも西湖に浮いているではないか。乗った人々は皆、飲んだり歌ったり楽しそうだ。中には楽師や踊り子を乗せている優雅な船もある。子陣は面白くなさそうに首を振った。

「成王府は西湖に舟を所有している。年に数度、舟遊びするためだけにな。けど、今年は貸し出しすることにしたのだ。借金返済のために」

成王府は火の車であるので、不要な贅沢を禁止したのはたしか凜である。ぐうの音も出ない。

うまく家宰の燕じいにそそのかされて陵墓の参拝に行った成王は、今年の西湖での休暇を取りやめ、お手当が出るという理由で、宗室の陵墓を皇帝の代わりに参拝する役目に志願した。

「そうだった……。じゃ、帰る……」

浪費家の義父に辛抱させて自分が遊ぶわけにはいかない。凜はとぼとぼと、背を丸めて西湖から遠ざかろうとした。しかし、その肩をがっしりと子陣が掴む。見ると、西日の逆光を背にした彼が意味ありげに指で手招きした。

「うん？　なに？」

「ほんの小さな楽しみだが、小舟ならとってある。乗るか」

「え、いいの？」

「ああ。ただ小さいぞ！　覚悟しとけ」

「心配ないって。井の頭公園にはよく行ったことがあるの」

子陣はよく分からない単語を聞き流して、桟橋へと向かう。あったのは、二人乗りの小舟だった。

凜は子陣に続いて片足を入れ、手を借りてぐらぐらする舟に乗り込んだ。

「さあ、行きましょ！」

凜は櫂を両手に颯爽と漕ぎ出そうとした。子陣が慌てる。

「まさか――お前が漕ぐのか、凜」

「え？　なんで？　わたしの方が絶対に上手いと思う。経験者だし」

「普通、男の仕事ではないか」

「え、なんでも得意な方がすればいいと思わない？　女とか男とかそんなの関係ないでしょ」

子陣は現金すら持ち歩かない皇族。小舟を漕いだことなどなさそうだ。それに対して凜は何度もボートを漕いだことがあるし、腕力にも自信があった。

彼女は、子陣の言葉など意に介さず、ぐいぐいと小舟を漕ぎ出した。

子陣はまた呆れたような顔をわざと作ったが、納得したのか口を噤んだ。扇子を広げて優雅に景色を楽しむことにしたらしい。

凜は義兄のそういうところが好きだった。

この世界の人は往々にして男尊女卑で、何ごとも男の仕事、女の仕事と分けたがる。でも、そんなのは凜には馬鹿らしいだけ。それを子陣は自然に受け入れてくれる。

赤い提灯をいくつも吊り下げた大きな船の横を通り過ぎ、蓮の葉を避けて行けば、もう夕日は西の山に近づいていた。

子陣が四角い絹の提灯に火を点す。

灯りが、舟の先でぼんやりと水面を照らし、水面に映る柳の影が揺らめいた。

凜は、まだ日の残る西の方へと舟を漕ぐ。

「あ、梨花……」

花びらが一枚流れてきて、凜は櫂を持つ手を止めた。子陣が手のひらで次に流れてきた白い花びらをすくい上げる。

「なんだ？」

「向こうから流れてくる。きれい。行ってみましょう」

凜は好奇心にかられて舟を漕いだ。

紅梅、蠟梅、水仙、桃、杏の花、菫――さまざまな花が次々と流れてくる。花びらは浮かんでは沈みながら舟を囲った。

不思議に思ったのか、子陣が身を乗り出して前方を見やった。

凜も水の中を覗いた。夏茱萸の乳白色の花がついた枝が、透き通る深い底に沈もうとしている――。

「あ、ああ……」

子陣が突然、吐息のようなうめき声を発した。

凜は眉を顰め、自らも立ち上がって彼の視線の先をじっと窺ってみる。そしてすぐに「あっ」と仰け反った。

「し、死体……」

驚きで指先が小刻みに震え、言葉を失ってしまう。その瞬間、岸辺から花火が上がり、閃光が夜空に輝いた。わぁっという歓声が上がる。花火の明るい光で、花に飾りたてられた若い女の死体が、暗い湖面に鮮やかに浮かび上がった。

顔は損傷しているが、おそらく年のころは十七、八。薄く目と口を開け、恍惚と空を見上げている。胸にはなぜか花束と石が載り、白い衣の裾が藻に絡まってまるで死体を水底へと引き込もうとしているように見えた。

身体がぶるぶると震える。しかし、子陣が凜の腕を掴んで揺さぶった。

「凜、ぼうっとしているな、岸に返すぞ！　殺人だ！」

美しく飾りたてられた謎の死体が、皇城司の役人により引き上げられたのは、それから一刻後のことだった。

野次馬が大勢見物に現れて、白い寝衣しか着ていない死体を指差してあれこれ言うので、凜は腹を立て、死体に筵を掛けてやった。

「なにか分かった？」

凜は、部下の秦影と話し終わった子陣を捕まえる。彼は腕組みをして死体を見下ろした。

「死因は水死ではない。後頭部を強く打ったせいだ。だが、両袖と胴、足首に石が括り付けられていた」

「つまり、遺体を水葬にしようとしたってこと？」

「そんな酔狂なことを西湖でする奴を聞いたことはない。おそらく死体を湖に沈めて始末しようとしたんだろう。検屍しないと詳しいことは分からないが、死んだのは昨日だとみている」

凜は首を傾げる。

「じゃ、なんで花をたくさん死体に？　髪にもかんざしみたいに挿してあったし、殺人ならそんなことをするのはおかしくない？」

「殺人犯の考えなんて普通ではない。理解するのはなかなか難しい」

死体が板に乗せられて、運ばれていく。筵から覗く片足が、持ち上げられた拍子にころりと板から動いた。

「あれ……」

凜は瞬きを二回すると、慌てて死体を運ぶ男たちを止める。

「ちょっと待って」

「どうした、凜？」

凜は死体の足を指差す。

「これ、香華宮の袜と同じものよ！」

子陣と秦影が驚いて凜を見た。

「ほら、ここを見て。紐が後ろにあるでしょ。普通のはひとつだけだけど、これは足首の近くにもう一つある」

凛は自分の袜を脱いで子陣に見せた。

香華宮で働く宮人女官には制服と袜、靴などが支給される。高級女官のものは絹で、下級宮人のものは麻や綿で作られるが、型紙が同じため形はどれも同じだ。

「名前が書いてあるぞ」

死体の袜をめくってみると、中に刺繡で文字が刻まれていた。

「善児」

袜の内側に名前を入れるのも香華宮の風習だ。千人が同じ袜を穿いているわけだから、名前か印をつけておかなければ、すぐにどこかになくなってしまう。

――それにしても善児って……。

同じ名前の宮人を凛は知っていた。賭け仲間の中でも年少の鼻ぺちゃの少女、高善児だ。よく一緒にトランプをしている。凛に食事を運ぶ尚食局の宮人で、親しい言女官の妹分。明るく気さくな性格で、皆から可愛がられている。

――ううん、そんなはずない。袜が宮殿のものだとしても、高善児のはずはない。あの子は高い塀のある香華宮の中にいるんだから。

水死体の顔は膨れていて、元の顔は判然としなかったが、似ているようには思えなかったし、思いたくなかった。

「おそらく、湖に死体を沈めて証拠を隠そうとしたが、素人仕事なのか、石の重さが足りずに浮かび上がってしまったんだろう」

「それにしても不思議な死体ね……」

「だが、服装を見る限り宮人か女官の可能性はあるな」

凜は遠く香華宮の方角を見やった。あの美しい宮殿で働く美女たちは、凜のように自由に市井に出ることを許されていない。それがどうして遠く西湖で死体が見つかるというのだろう。あり得ない――あり得ないはずだ。

「面倒な事件になりそうだ。事件と事故と両方で捜査してみよう」

子陣の声は、大きな花火の音にかき消され、静けさだけが残った。

3

「お帰りなさい、凜掌簿！」

翌朝早く香華宮に戻った凜を、内東門司の同僚や、賭け仲間、公主付きの女官、顔見知りの内監（ないかん）などが出迎えた。皆、今か今かと門の前に立っていて、凜の姿をとらえると「お帰りだぞ！」と叫んで建物の中にいた者たちを呼ぶ。総勢二十人ほどが迎えてくれた。

「おはよう。頼まれたもの、全部買ってきたから、並んで並んで！」

香華宮で働く者たちが宮の外に出られることは滅多にない。凜が西湖へ出かけると聞いて、皆好き好きに買い物を頼んできたのだ。絹の反物、白粉、装飾品から始まり、流行りの刺繍の図案、名物——たくさんのものを凜は香華宮に持って帰っていた。もちろん、カリスマBL作家、王母娘娘こと安清公主に頼まれていた、いわゆる「薄い本」も苦労して手に入れた。

「はい、小葉にはこれ」

成王府に届いていた家族からの手紙を渡す。

「ありがとうございます、お嬢さま。ずっと楽しみにしてたんです」

彼女は嬉しそうにそれを抱きしめた。

「家族からの手紙は万金に抵るっていうものね。ほら、わたしのことはいいから、奥で読んできたら？」

「あ、はい！」

上品な小葉にはめずらしく足音を立てて小琴楼の中に消えていく。他の者たちはそれぞれのお土産の包みを開いてわいわいと盛り上がっており、凜は皆の喜ぶ様子に嬉しくなった。

「荷物を運んでくれる？」

「は、はい。ただいま」

凜付きの宮人たちが慌てて荷物を運び込み、凜も茶のお供に棗糕を食べようかと思って円卓の椅子に座りかけた、その時——。

「た、大変です！　凜掌簿！」

内東門司の長官、小蔡子(しょうさいし)が小琴楼の門を潜(くぐ)って駆けてきたかと思うと、ぜいぜいと息をつく。彼は汗を滝のように垂らしながら南の方角を指差した。

「た、大変です……」

「どうかされたんですか。あ、そういえばお土産を買ってきてあるんですよ」

「それどころではありません。辞令です、辞令が張り出されているんです！」

「辞令？」

凛は首を傾げる。未(いま)だにこの世界の官僚システムがよく分からない。異動の時期は正月と秋だとばかり思っていたのに、こんな時期にどういうことだろう。

「お嬢さま、見に行きましょう！」

騒ぎを聞きつけたのか、小葉が出てきた。急(せ)かされた凛は菓子を友人たちに押しつけ、小蔡子の後を慌てて追う。

「あそこです」

掲示板は内侍省(ないじしょう)の役所前にあった。既に人だかりができていて、がやがやとなにかを言い合っている。

凛が荒い息を整えてその最後尾に立つと、それに気づいた者たちがピタリと黙った。

そしてモーセの海割りのように一斉に道を空けた。

「なに？」

怪訝(けげん)な顔で凛は張り紙の前に立つ。

「掌簿南凜は本日をもって尚寝局に異動。正七品、司苑に任ず」

凜は長い睫毛をしばたいた。意味がよく分からない。現在、正八品だから、正七品になるならば出世のはずだが、皆の反応はイマイチだ。司苑といえば、香華宮の庭園である後苑を掌る女官の地位で、花形の内東門司と比べて地味である。つまり——。

「事実上の左遷です！　お嬢さま！」

香華宮中に響き渡る悲鳴のような声で小葉が叫んだ。

「な、なななんで、わたしが左遷？　なんにもしてないよね？」

小葉は真っ青な顔で凜の手を握ると、励ますように握った手を大きく振った。忙しくて手入れされていない彼女の眉が寄り、深刻さを物語る。

「大丈夫ですわ。お嬢さま」

「あ、うん……え、左遷？　左遷？」

「はい……左遷です、お嬢さま……でも安心してください。私も典苑に任じられ、一緒に後苑に異動です。ここに書いてあります」

小葉もとばっちりを受けたようだ。

周囲の者たちによく聞けば、後苑は不始末を起こした女官、宮人、内監の墓場だという。小蔡子も気の毒そうに頭を下げる。

「一緒に移って差し上げられればいいのですが……」

「蔡さま、気にしないでください。きっとなにかの間違いですから」

凜は皇帝の命を助けた女官だ。不当な扱いをされるはずはない。少し、皇帝と話せばわかってくれるはずだ。ちょうど、そろそろお目覚めになる時間だから、顔を洗っている時にでもどういうことか聞いてみようと思った。

「福寧殿に行ってきます」

凜は、ガアガアと忙しなく鳴くアヒルの呱呱を抱えると皇帝の居所である福寧殿に向かった。呱呱がいれば、きっと鳥好きの皇帝は会ってくれるはず。

「いったいどういうこと？」

凜は考えをめぐらす。なにか失礼なことを言っただろうか。それとも悪い噂がお耳に入ったのだろうか。

皇帝は、義理の姪である凜の味方でいてくれる人だが、やはり一国の君主である。不手際があれば、罰することを躊躇しない厳しい一面もある。

ただ、理由もわからずに「はい、そうですか」と後苑に引っ込むのは納得がいかなかった。通常、ひとつの部署に三年はいるはずなのに、凜はまだ一年も内東門司に腰を落ち着けていない。

「皇上にお目通りしたいのですが、中に入ってもいいですか」

顔見知りの内監を見つけてその袖を掴むと、彼は困惑顔で後ろの人を見た。振り向いたのは、なんと緋色の官服を着た徐玲樹だ。彼は凜に気づくと、重臣との会話をそうそうに切り上げ、こちらに気さくに頭を下げた。

「凜掌――凜司苑」

思いがけない人の登場に凜は、驚いて思わず頭を下げるのも忘れた。

――え、なんでここに玲樹さまが⁉

子陣の母の墓で会ったばかりの人が、今日は福寧殿での政務を取り仕切っている。

――そうか、都承旨といえば、皇上の側近。ここにいて当たり前か……。

凜は合点した。それにしても今までも足繁く福寧殿に来ていたのに、彼と会うのは今日が初めてだ。本人が言っていた通り、最近、着任したのだろう。あれから子陣に聞いたところによれば、枢密院は軍に関係する機関で、都承旨は、官位は低いながら、皇帝に直接奏上でき、権力を握りやすい地位だという。しかも、通常であれば都承旨は武官が就くポジションなので、徐玲樹の起用は異例中の異例らしい。おそらく皇帝の内意によるものだろう。つまり、出世頭というわけだ。

「凜司苑。先日は急いでいたもので挨拶もままならず失礼しました」

徐玲樹は丁寧に拝手する。凜も礼を返した。

「とんでもないです。それにしても福寧殿でのお役目なんですね」

「通常は枢密院の役所におりますが、これからは福寧殿に顔を出すことが多くなるかもしれません」

「わたしは隣の小琴楼に住んでいるので、なにか必要なことがあれば、声をかけてください」

「ありがとうございます。まだ新任なので、お言葉に甘えるかもしれません」

「なんでも言ってくださいね」

凜が微笑むと、彼も柔らかな笑みを返した。凜はいいチャンスだと思った。彼なら皇帝に取りなしてくれるかも知れない。小声で訊ねる。

「あの、皇上に拝謁したいのですが」

徐玲樹は困ったと眉を寄せる。

「陛下のご機嫌はあまりよくありません。お尋ねになりたいのは辞令のことですか」

「はい。なぜ今、左遷されるかよく分からなくて。その理由をお聞きしたいんです」

徐玲樹は深く頷く。持っていた書類を内監に渡し、中に運ぶように命じると、凜を建物の陰へと連れて行く。

「凜司苑がまた賭け事をしていることが皇上のお耳に入ったようです」

「えっ！」

凜は驚く。賭け事はこの香華宮の公然の遊戯だ。だれもが多かれ少なかれやっていることで、罪に問われたという話は聞いたことがない。それにしばらく凜は香華宮を離れていたので、身に覚えもない。

「それはわたしだけでなく、皆そうで――」

「ええ、分かっています。香華宮の悪習は凜司苑がここに来るずっと以前からあったものです」

徐玲樹は凜の言い訳を制して、同情を表した。

「凜司苑、出る杭は打たれると申します。目立つと嫉妬され、讒訴する者が現れるものです。ほんのしばらく我慢してください。私から折を見て皇上に取りなしましょう」

「……ありがとうございます。なんてお礼を言っていいやら……」

成王に泣き言を言えば、「凜やぁ！」と言って泣きながら皇帝に左遷を取り下げて欲しいと大げさに頼むだろう。子陣に愚痴をこぼせば「身から出た錆だ」と言われるのがオチ。こういうときは、徐玲樹のような皇帝の側近に頼むのが一番だ。

「ではよろしくお願いします……」

凜はいい人と知り合いになれてよかったと思った。もう一度、礼を言って福寧殿をとぼとぼと後にする。すると次の瞬間、こちらにやって来たもう一人の男と鉢合わせになり、ぶつかりそうになった。

「あ、すみません」

「…………」

慌てて謝ったが、相手は不機嫌に黙礼しただけだった。

——やな奴。

横柄な態度だと凜は心の中で鼻を鳴らした。二十代後半で異常に細く、官服がぶかぶかで貧相な印象だ。顔は浅黒く鋭い眼をし、目の下にほくろがある。自分の方が位が上だからって嫌な感じ、と凜は心の中で毒づいた。呱呱も凜のそんな気持ちを読み取ったのか、ガアガアとうるさく鳴き、凛の腕から逃れると白い羽を揺らして不機嫌なダンスを繰り広げた。

「行きましょ、呱呱」

向こうも相手にしないので、凛も呱呱を抱き上げ、さっさと階段を下る。

「お嬢さま！」

そこで待っていたらしき小葉が走り寄ってきて凛の腕を摑んだ。

「お嬢さまは徐都承旨さまと知り合いなのですか！」

「徐都承旨さま？　玲樹さまのこと？　知り合いっていうか、顔見知り程度よ。なんで？」

小葉の目が燦めいた。

「まぁ、官職ではなく、名前でお呼びになるのですか！　親しい証ですわっ。さすがお嬢さま！」

凛は意味が分からず、左遷でテンションが下がっているのもあって、小葉の高揚が理解できなかった。福寧殿の前庭で大きな声を出して噂話をしているのもなんだ。凛は小葉を促し、小声で訊ねる。

「あの人がどうしたの？　なにがそんなにすごいの？」

「まぁ、まぁ、お嬢さまは、徐都承旨と話をする間柄なのに、ご存じないのですか。あの方は内廷の貴公子、宮人女官の憧れの君ですのに」

「貴公子……憧れの君……」

たしかに並外れた美男子ではある。香華宮のアイドルといったところか——。

「お嬢さまはいつも郡王殿下と一緒にいらっしゃるから美の基準が高くてお気づきにならないかもしれませんが、徐都承旨さまの美しさを前に怯まずに話ができるのは、お嬢さまだけですわ。普通なら気を失ってしまいますよ」

普段、冷静沈着な小葉がやけに今日は多弁だ。

「小葉。そんなんじゃないの。昨日、初めて会ったんだから。玲樹さまは、どういう人なの？」

小葉は「私もそれほど詳しいわけではないのですが」と前置きして息を吸った。

「徐都承旨さまは、陛下のご寵臣で齢二十七、慶元元年のお生まれ。好きな色は『雨過天青雲破処』の青。書画だけでなく楽にも優れ、特に瑟を愛しておられます。妻子は未だおらず、徳寿宮の向かいのお屋敷を皇帝陛下より下賜されています。背は五尺八寸。お好きな食べ物は海鮮。新鮮なものしか召し上がらず、河魚は言語道断。海の魚しか口にされません。果物はスモモがお好きで、好きな詩は曾鞏の『西楼』。好きな女人は『優しい人』。そして、そして——」

凛は圧倒されて瞬きを忘れたが、何とか現実に戻って小葉の暴走をなだめる。

「……ありがとう……わかった。よくわかったよ、小葉」

小葉は話しすぎたことを恥じたように顔を赤らめた。

「女官たちの憧れの君なのです。私なんて徐都承旨さまのことを知らない方で……」

これだけ知っていれば十分だろうに。へたをすると尚食局あたりからもれて「今日召し上がったもの」まで香華宮では噂になっているのかもしれない。

「へぇ、で、いつから都承旨に？」

「今年の初めに任じられました。それまでは地方官だったらしく、無名な者の登用に驚きの声が上がったとか。お嬢さまは怪我をされて、お正月からご実家に行かれていたので、ご存じないのも当然ですわ」

「ふうん、やっぱり皇上のお声掛かりでそうなったの？」

「そういうことだと思います」

どうして皇帝は一地方官の徐玲樹のことを知り得たのだろう。あの容姿だから噂になってお耳に入ったのだろうか――。凜はそれより、あの感じの悪い官吏の方が気になった。

「もう一人、ぶつかりそうになった人はだれ？」

「もう一人？」

小葉は完全に徐玲樹しか見ておらず、視界の端にすらあの人相の悪い浅黒い男が入っていなかった様子だ。それでもしばらく考えた末に思い出したように手を叩いた。

「あれは斉勳さまです。別に気にする人物ではありませんわ」

一刀両断。最近、小葉はだいぶ凜にくだけた物言いをするようになった。斉勳にはまったく興味がなさそうだが、それでも枢密院副承旨、つまり徐玲樹の部下だということだけは思い出したようだ。凛が先ほどの出来事を小葉に愚痴ろうとした、その時――。

「凛」

もう一人、女官たちの憧れの君が現れた。

義兄の趙子陣だ。

類い稀な爽やかな容姿に武に優れた体つき、嫌みのない笑顔。どこを取っても完璧なのに、徐玲樹に人気の点で負けているのは、皇族だから女官たちには高嶺の花すぎるゆえかもしれない。

「お義兄さま」

「辞令を見たぞ。左遷だってな」

「あ、うん……」

「まぁ、苦労するのも勉強だ」

――そう言うと思った。

皇帝に掛け合ってくれる様子はまったくない。イラッとした凛は子陣を早く追い払おうと忙しいアピールをする。

「お義兄さま、ごめんなさい。今日はちょっとバタバタしているの」

しかし、彼は気にもしない。

「この前の西湖の事件。妹妹が言っていた高善児という宮人だが、香華宮のどこにもいない」

「は？　え？　そんなはずないでしょ？」

　凜は固まった。

「どこかにいるでしょう？　この香華宮から宮人は出られないんだから」

「いや、それがいないんだ」

　子陣が、高善児が所属していた尚食局に行くと、尚衣局に移ったと説明されたという。尚衣局に行くと来ていないと告げられ、もう一度、尚食局に問い合わせると、尚衣局の典飾という位の女官付きになったと言われ、子陣は再度、尚衣局に足を運ぶことになった。

「で、それで？　いたでしょ？」

「それが……さんざん待たされたうえ、尚寝局に送られたと尚衣局で言われた」

「じゃ、尚寝局にいるのよ、きっと」

　子陣が歩き疲れた顔で、大きくため息をつく。

「それが、尚寝局では、後苑にいると言うんだ。今から後苑に行くところなんだが……後苑の責任者は今日、任命されたばかりのお前だ。なにも知らないのは明らかじゃないか」

「お義兄さまは善児のことを知らないから死体はあの子だったなんて思うかもしれないけど、本当に善良で悪いことはしない子よ。殺されるなんて考えられない。どうせ後苑で草むしりでもしているって」

胸によぎる嫌な予感を振り払い、あえて楽観的に答えた。

「それだといいんだが……」

胸にうずまく黒い雲を振り払うように、凜は小琴楼で夏物の七品女官の衣、緋の短衫に蘇芳の裙に着替え、「よっし」と頰を叩いて気合いを入れてから部屋を出た。

凜、子陣、小葉の三人で後苑に向かい、その北東の隅にある役所の前に立つ。

どうせ、面倒くさい「司苑さま、ご昇進おめでとうございます」などという建前の挨拶を皆から受けるとばかり思っていた。それなのに、誰も凜を待ってなどいなかった。

「なんか想像してたのと違う……」

「きっと急なことで新任の司苑さまが来るのを知らないのですわ」

小葉が慌ててつくろったが、二階建ての役所の窓から数人がこちらを冷ややかに見下ろしているのを見ると、どうやらそうではなさそうだ。

「凜、なにやら、楽しそうな毎日が待っていそうだな」

子陣が凜の不幸をからかった。

「他人ごとだと思って……」

凜はイラっとしながら、大きく役所の扉を押し開けた。

4

　室内には机が七つあり、六人の女官が無駄口を叩きながら仕事をしていた。扉が開く大きな音に一瞬こちらを見たが、無視してすぐに自分の仕事に戻る。

「こちらに並びなさい。新任の司苑さまですよ」

　小葉が威厳を持って部屋に響き渡る声を出した。が、誰もこちらを見ない。凜は内心憤慨し、カツカツと靴の音を立てて上座の机に座った。すると、斜め横にいた女官が嘲るように言う。

「そこは完掌苑さまの席です」

　凜はむっとした。掌苑は正八品。小葉すら、その上の典苑だ。こんな風に馬鹿にされたことは初めてだった。小葉が厳しい声で咎める。

「それでは他に司苑さまの部屋があるのですか」

「いいえ。いつも新任の司苑さまは書類の仕事はされません。後苑で働く宮人をまとめて掃除や草取りをされます。机に座る時間などありませんわ」

　ざわめきのような笑い声がした。

　凜の堪忍袋の緒がプチンと切れる。

　これでも皇帝の義理の姪。事実上の左遷とはいえ、官位は七品。舐められて黙っていていい地位ではない。おまけに、この世界では現代日本の職場のような「穏便に仕事を回すために自分が我慢すればいい」的な犠牲的精神の美徳や集団への忠誠心は必要ない。むしろ、主張できない人の評価は低くなる。切り替えもきっちりしていて、仕事で溜め込んだ鬱憤をオフにまで持ち込むことなど誰もしない。

――ここは弱肉強食。黙っていたらどんどん相手はつけあがって収拾がつかなくなる。今のうちになんとかしないと……。

それに派遣先を渡り歩いた凜には、初日に新顔の鼻っぱしを折ってやろうという作戦くらいお見通しだ。

気は強い方ではないが、張りぼてでも最低限の威厳は持たなければならない。慣れないながらも、凜はくっと顎を上げた。

「では今日から、ここがわたしの机ね」

凜は机の上にあった書類から硯、筆立てにいたるまで床に払い落とし、優雅に袖を払って着席する。

この場にいる女官たちは皆、三十代から四十代のベテランのようだが、硯が落ちた音の大きさに驚き、唖然とした。まさかそういう反応を凜がするとは思ってもみなかったようだ。

凜は自分の筆記用具を丁寧に机に並べると、低い声で告げた。

「後苑で働く宮人女官全員の名簿を持って来て。最新のものよ」

部屋は静まり返ったが、誰も立ち上がらない。凜は先ほど、こちらをあざ笑った中年太りの女官を見る。

「すぐに持って来て」

「……完掌苑さまの許可なく書類を持ち出すことは……」

「わたしは司苑よ。早くして」

それなのに固まったまま誰一人動こうとしなかった。そこへ、目つきが悪く丸顔の四十ぐらいの女官が現れた。瑠璃色の抹胸に濃紺の裙、濃紺の短衫を着ているから、八品の制服だ。なるほど、これが完掌苑さまというわけだ。太っていて首がない。

「そこは私の席ですが」

「今日からわたしの席よ、完掌苑」

「新任者は現場から始めるのが後苑の習わしです」

「誰が決めた習わしか知らないけど、さっさと名簿を持って来て。あなたが草取りを始める前にね」

ぐっと唇を噛みしめた女は鼻の穴を大きく開き、太い眉毛を苦々しく吊り上げてこちらを睨んだ。そして書棚から一冊引き抜くと凜の机に叩き付けた。

――信じられない、なんなの⁉　この人⁉

腹が立つを通り越して呆れて物が言えない。凜が落とした硯などを拾うのは、あのおべっか女官で、彼女は自分の席を完掌苑に譲ってひたすら頭を下げている。

――なるほど、完掌苑がこの役所の女王さまってことね。

だんだん様子が分かってきた。

ぐるりと部屋を見回すと、誰も彼も慌てて視線を下に落とし、凜と目を合わせないようにしている。

「わたしの名前は南凜。元は内東門司にいました。今日からは好き勝手にできないからそう思ってください」

啖呵を切った瞬間、拍手の音が聞こえた。

小葉かと思ったが、音のする方を振り向くと、ことの成り行きを戸口で傍観していた子陣だった。

彼はいつもの明るい笑顔で部屋に入り、凜の机に座った。

「南凜を馬鹿にしていいのは、俺だけだ。覚えておけ」

――恋人じゃないんだから……。

凜は心の中でツッコんだが、子陣が庇ってくれるなど珍しい。ありがたくお言葉を頂戴し、名簿を持って建物の外に出た。

「よく名簿を手に入れたな。見せてみろ」

階段を下りると子陣は名簿を開いた。一番後ろの項に「高善児」とあった。

「ほら、あった。善児はきっと後苑で花でも植えているのよ」

「……それならいいんだが」

子陣はまだ疑っている様子だ。

凛はゆっくりと後苑を歩きだした。

内監が現れて頭を下げる。六十代くらいの苦労を重ねていそうなやけに細い男だった。

「後苑司の唐(トウ)と申します」

内監側の責任者だ。

「新任の南です。どうぞよろしくお願いします」

「皆を集めてあります。どうぞこちらにお出(い)でください」

唐後苑司は、汗をだらだらかきながら、腰を低くして凛を案内した。

腰が低いといっても、凛のために低くしているというよりも、常に低くしているがために、曲がってしまっているというのが正しいだろう。内監によくある職業病だ。

「凛司苑にご挨拶いたします」

五十人ほどの宮人女官、内監が集まって挨拶したが、どうも声は揃っていないし、うねうね体を揺らす者、下を向いて顔を上げない者、明らかに口の中に食べ物がある者など、統制がまったくとれていない。でもまぁ、挨拶しただけ褒めてやらなければならない。

「後苑に異動になりました南凛です。至らぬこともあるかもしれませんが、どうぞよろしくお願いします」

凛はそう言いながら、高善児を捜した。彼女の可愛い笑顔を見逃すはずはない。しかし、ぐるっと見回してみてもどこにもいない。

「後苑付きの者は、これで全員ですか」

「はい」

唐後苑司が頭を下げる。

「うーん」

「どうかされましたか」

「後苑に高善児という宮人が異動になったと尚寝局で聞いて来たものですから。知り合いなんです」

「なにも聞いてはおりませんが……異動に関しては凜司苑さまのことしか通知はございませんでした」

唐後苑司は頭をひねる。

「そうですか……」

——おかしい。

「高善児はいったいどこにいるんだ」

子陣が凜の代わりに同じ疑念を口にした。

「他の部署にいるのかも……」

「なにか高善児に変わったことがなかったか。言動がおかしかったとか、顔色が悪かったとか」

「うーん。別になかったかな。強いて言えば、十日ほど前に善児には珍しくわたしの髪飾りを借りたがったことくらい」

「髪飾り？」

凜は頷く。

「萱草の花の形で金の柄がついているの。なぜか知らないけど、どうしても借りたいって言ったのよ。どこにでもある感じのだし。とは言っても、一応、下賜品だから貸したくなかったけど、どうしてもって言うから……」

「貸したのか」

「うん。十八歳の善児には少し大人びた雰囲気のものだったけど」

子陣が腕を組む。

「下賜品を借りてなくしたら罰せられる。貸して欲しいなど、そうそう口にできないものだ。それはまだ返って来てないのか」

「うん……。私が香華宮に帰ってきた時に返してもらう約束だった」

「そういうことなら、自ら姿をくらますはずはないな。それに――ここに来る前、高善児と仲がよかった宮人に聞きに行ったんだが……話によれば、高善児の脚には大きな痣があったらしい。似たものが湖で見つかった死体にもあったから、家族を杭州に呼び寄せて確認してもらうつもりだ」

「そう……」

香華宮のどこかにいると信じたいが、子陣の言うことが本当なら、湖で見つかった死体は高善児であるかもしれなかった。ただ、家族が死体を確認するまでは認めたくないとも思った。

「俺は、一応、引き続き高善児の行方を香華宮で捜してみるよ」

「うん……そうして」

「罰を受けて、浣衣局にいるかもしれないしな」

浣衣局は罪を負った宮人女官の牢も同じ場所だ。それでも、行方が分からないよりはずっといい。子陣にまずそこを確認してくれるように凜は頼んだ。

「じゃ、いじめられないように頑張れよ」

「……他人ごとだと思って！」

凜は子陣の背に叫んだ。彼は振り向かずに手だけを振った。

5

数日後――。

「お嬢さま。聞いてください。筆一本、あの完掌苑は寄こさないのですよ！」

半泣きで小葉が後苑に現れる。これはいつものこと。未だに凜と完掌苑は対立している。聞けば、掌苑の地位に十五年もいるらしい。もう庭石なみに後苑の一部と言っている。

い。

備品すら、彼女の許可なく使えないシステムが構築され、筆を新しくもらうだけで書類を五枚も書かなければならない状態だ。

「不備があると言って三回も書き直しさせられたんです。仲のよい女官には書類など書かせないのに」

「どうにかしないとね……」

むろん、過去の司苑も抵抗したことだろう。しかし、司苑という役職は往々にして腰掛けだ。下手に完掌苑と対立するくらいならしばらく我慢して穏便に済まそうと思ったに違いない。

「筆や紙だけなの？　それとも、後苑で使う道具なども完掌苑が管理しているの？」

小葉は首を横に振る。

「道具類のほとんどは、唐後苑司の管理下にあります」

「よかった」

「でもなぜ完掌苑はこんなことをするんでしょう」

「備品の管理は下級女官の仕事だけど、出し渋ることで権力を握っているのよ。備品の数が書かれた書類を作り直しましょう。風通しをよくしないとこのまま完掌苑の専横が続いてしまう」

派遣社員として働いていたころの凜はペン一本たりとも自腹を切りたくなかった。それは今も同じこと。仕事で使うものをどうして自分で買わなければならないのか。特に下級の宮人など、薄給の中、そんなものまで買わなければならないとなると、家に送る給金がなくなる。年に一回、正月に支給される飴さえも、妹に、弟にと送るくらいの生活をしている子たちを苦しめたくなかった。

「南司苑」

声を掛けられた。完掌苑のおべっか使い、劉女官だ。

完掌苑のいないところではうまく被害者面をしながら、結局のところ、完掌苑に追従して凜を排除しようと躍起になっている一人だ。

こちらと仲良くしたくない証拠に「凜司苑」と皆が呼ぶのに、あえて姓の「南司苑」と他人行儀な呼び方をしてくる。

「なんでしょう」

凜は澄まして答えた。

「完掌苑から、新任の司苑さまは現場である庭仕事を見学することから始めた方がよいのではと申しつかっています。新しく造る予定の芍薬の庭はご覧になりましたでしょうか」

やけに丁寧で、凜は怪訝になった。

「ええ。まだなにも始まっていない様子だけど？」

「後苑の士気はどうも低く、なかなか率先して働こうという気概のある者がおりません。

よろしければ、南司苑が、皆に見本を見せていただけないかと、完掌苑がおっしゃっていました」

丁寧に頭を下げた劉女官。そしてほんの少し口の端を上げながら、目だけ申し訳なさそうに黙礼をした。

「こちらを」

手渡されたのは肥。

強烈なアンモニア臭がする。

「まさか、わたしにこれを撒(ま)けっていうんじゃないですよね？」

「やはり……南司苑のような高貴な御方にはお願いできないことでしょうか……」

「……どういうことか説明してくれます？」

凛は腹に据えかねて、怒りを押し殺した声で言った。

「恐れ多いとは思いますが、なにぶん、私は完掌苑さまの遣いでございますので……子細はよく分からず……新任の方は皆さまされていることで、後苑の仕事を理解する上で大事なことだそうです」

――本当に嫌な奴。完掌苑の名前を出して自分は悪くないって防御線を張っている。

「分かった。もう下がって」

――こうなったら、肥だろうがなんだろうが撒いてやる！

凛は肥桶(こえおけ)を二つ手にすると、芍薬の庭の方へとドシドシと歩いて行く。

小葉が慌てて追いかけてきて、働く気のない宮人たちはひそひそと遠まきにことの成り行きを見ていた。

「お嬢さま、おやめください。ご身分に障ります」

「小葉、ここで引いたら、何も知らない宮人たちは、わたしのことを、身分をひけらかす、いけ好かない奴だと思うはずよ。オフィスポリティックスっていうものは、ネコの喧嘩（けんか）と同じ。背中を見せたら負けなのよ！」

「負けって、先日立派にやり込めてやったではありませんか」

凜は自分に腹を立てながら、小葉を見た。

「完掌苑たちが黙ったのはお義兄（にい）さまがいたからで、わたしが強く出たからじゃない。だからこそ肥なんて持って来たのよ！」

凜は木じゃくしを受け取ると肥を撒いていく。衣の裾（すそ）が汚れるのも気にしない。さっさと撒いて終わらせたかった。小葉も仕方なしに桶を持って後ろからついて来た。

「それにしても、皇帝の義理の姪（めい）が人糞（じんぷん）を撒くなどあり得ませんわ」

凜はピタリと足を止める。

そして口をあんぐり開けて桶を見た。

「これ、人糞なの？　豚とか馬とかじゃなく？」

「……人糞でございます……香華宮には人が多くおりますので……」

「………………」

凛はあまりのことに啞然として、危うく桶を地面に落としかけた。ひどく惨めな気持ちになって、肩の力が抜けるのを感じた。

でも泣きたくはなかった。

こんな気持ちになるのは、悔しいからで、悲しいからではないと自分に無理に言い聞かせる。

「お嬢さま……大丈夫ですか……」

「だ、大丈夫よ、大丈夫。人糞も牛糞も同じよ」

凛は明るい顔を作って肥を再び撒き始めた。

動揺しているのを悟られたら負けだと思って歯を食いしばる。すると、それを見ていた宮人の少女四人が衣の裾を翻してこちらに走ってきた。

凛の前に立つと腰に手を当てて礼をする。

「凛司苑、よろしければ私どもがやります」

「……え？」

「どうぞ桶をお貸しください」

見れば、その一人は賭け仲間と仲のいい宮人だ。何回か顔を見たことがあるはずだが、健康的に日焼けしていたから気づかなかった。

――名前はええっと……ああ、杏衣。杏衣だ。

「杏衣じゃない。所属は後苑だったの？」

「いえ、もとは尚食局だったのですが、砂糖壺を割ってしまって……ここに三ヶ月前からいるんです」

「そうだったの」

「凜司苑が来てくれて本当に心強いです」

女人にしては少し背の高い彼女は、白い歯を見せて笑った。そしてすぐに、凜の手から肥桶を受け取り、仲間と一緒に芍薬の庭に肥を撒きに行ってくれた。

「ありがたいね、小葉」

「ええ……本当に」

「あの子たちを後で小琴楼に呼んであげて。今日は絶対にお風呂に浸からなきゃ」

「私も入っていいですか……」

小葉が汚れた袖を気にしながら言った。

「もちろんよ、小葉」

「入っても数日は臭うと思いますわ……」

小葉の嘆きはただの悲観ではなかった——。

6

「鍬が木なんて信じられない！　鉄のものはないの？」

「完掌苑が、もったいない、そんな高価なものを買う予算はない。木鍬を使えと言うばかりなのです」

凜は後苑の役所で書類と格闘していた。後苑で管理している備品のうち、唐後苑司が関わらない農具はやはり完掌苑の支配下にあった。

予算は十分にあるのに、妙に渋いこの部署は、なにを買うにも金を引き出すのが大変だ。帳簿を確認する限り、なぜか、予算を毎年使い切らずに貯蓄しているらしく、一体なんのためだと聞きたかった。

「完掌苑。昨年に使われなかった予算はどうなっているのですか」

「それはもしもの時に備えて貯蓄に回してありますので、手はつけられません」

「なぜ？」

「贅沢品を買う余裕などありません。黙っててもらえませんか。仕事に差し障りがあります」

「なんですって！」

こういうやりとりはいつものことだ。

ぎゅっと財布の紐を握りしめていることで完掌苑は上司である凜より上手に出ようとしている。噂では、こっそりとその金を自分たちで使っているから、帳面上にしか存在しないとか。

敵はなかなか手強く、自分が握った紐を手放そうとはしなかった。

「頭痛がする……」

凜はこめかみを押さえて、外の空気を吸いに出た。

前任者たちが完掌苑たちに立ち向かわなかった理由がよく分かる。

「凜司苑さま」

それに比べて現場はいい。

ぽかぽか陽気の中、宮人たちは汗を垂らして花を植える。内監たちはハシゴを使って高いところの枝を切っている。

みんな、笑顔で土いじりに精を出すのは、見ていて気持ちがいい。

「うん、異世界転生といえば、やっぱりスローライフよ」

考えてみれば、この世界に来てから、殺人やら謀反やら物騒なことばかりに囲まれていた。後苑で医者の死体を発見したのもそれほど前の話ではない。

「やっぱり、異世界に来たんだから、ジャムを作ったり、パンを焼いたりしないとよね。平和こそ正義よ！」

これで、あとはもふもふがいれば言うことがない。呱呱を捜したが、今頃は後苑の池で虫でもつまんでいるのだろう。姿が見えなかった。

凜はスローライフについて考える。

畑があるから、そこでなにか、フルーツが穫れるかもしれない。

夏になれば、きっと梅が生る。梅ジュースを作るのは簡単だ。昔、祖母が作っていた。

砂糖と梅を一対一で瓶に入れればいいのだ。

――よくおしゃれな雑誌で書かれている「丁寧な暮らし」だよね。

他にも土鍋で御飯を炊いてみたり、朝少しだけ早く起きて素敵なティーカップでお茶をしたり、多肉植物を育てたり。

現代にいた時、凜もしてみたいことはたくさんあった。ただ忙しさと経済的な理由でそんな気持ちに今までなれなかっただけだ。

――現代で、できなかったことをここでしてみよう。せっかく畑があるんだし、おいしいものを栽培すればみんなも幸せになるし。ヨガはないにしても、太極拳みたいな体操を始めるのもいいかも。肌触りのいい百パーセントコットンが使えるのはこの世界の醍醐味よね。よく白湯を飲んでほっとするとか言うけど、どんな気持ちかまったくわからなかった。絶対、今ならわかるはず。

「お嬢さま」

夢中で考えていたせいか、足音に気づかなかった。声を掛けられてびくっと驚き、見れば小葉と杏衣を先頭に、五人ほどの女官たちが勢揃いしている。

「ど、どうしたの？」

小葉が困り顔で牡丹を一鉢持って来た。

「実は……この花は徳妃さまへ明日献上する品なのですが、蕾がずっと開かないのです。これでは明日に間に合いません。いかがいたしましょうか……」

牡丹は別名、花王ともいう。皇帝が妃嬪たち一人一人に献上品の中から一級品の花を選んで授けるのは、毎年春の恒例行事だ。徳妃のものだけ咲かないのは問題がある。

「ちゃんと日当たりのいい場所に置いた？」

「それが……日なたに出してあったのですがいつの間にかその鉢だけ日陰に動かされてあったんです。そのことに気づいたのがつい先ほどのことで……なので、他のものは開いたのにこれだけが咲かないんです」

杏衣が皆を代表して答えた。

宮人たちも困ったと肩を落としている。せっかく自分たちが丹精して育てた花が咲くことなく終わってしまったら残念でたまらないだろう。贈り先である徳妃は皇帝の一番古い連れ合いで、悪い人ではないが、自分だけ咲かない花をもらったとあれば、機嫌を損なう可能性はあった。

「花を温めないといけないのよね……。ビニールハウスが作れたらいいのに」

凜は腕を組んで考える。

ビニールハウスを作るには当然ながらビニールが必要だ。絶対にこの世界にはない。

「今日は、天気はいいのですが、風が強くとても冷えます。このまま外に置いておいても咲くとは思えませんわ」

小葉の嘆きに凜はぽんと手を叩く。

「油紙で温室を作っちゃったらどうかな」

小葉は、意味が分からない様子で首を傾げる。

「油紙でなにをですか？」

「温室よ。と言っても簡易的なもの。薄絹で作ればいいけど……高いから」

支柱にできそうな竹なら後苑にいやというほど生えている。二、三本切っても問題ないだろう。

内監たちに頼むとすぐに切ってきてくれた。

人が入れるだけの高さ、約百センチのアーチ状にすることにし、それを風が当たらないように役所の中庭に設置する。夜は火鉢で暖かくした建物の中に鉢を入れてやればいい。

凜は竹で作った簡易の温室の骨組みに油紙を一枚一枚のり付ける。

強度にかなり問題がありそうな出来だが、一応、温室らしきものができた。

「上手くいくかな……」

明日までに咲かせなくてはならないのだ。絶対に失敗はできない。

凜はそっと花を温室の中に入れた。

「たしかに、ここのところ、寒い日が続いていましたわ。花が動かされていたのは、悪意あってのこととしか思えません」

小葉は憤慨していた。もちろん、凜を困らせるために「誰か」がやったことだろう。

花が咲かなかった時、責任を問われるのは後苑のトップである凜だからだ。

「見てなさい。絶対に咲かせてみせるから」

他の者に任せたら、どうなることか分からない。

凜は、机を中庭に出して、青い空の下、ねじり鎌を特注するための絵を描きながら、温室の牡丹を監視することにした。

——ねじり鎌は絶対欲しいのよね……。

雑草を手で抜いて爪を黒くしている宮人たちを助けてやりたかった。内東門司で培った商人とのコネを使えば安い鍛冶屋を紹介してもらえるだろう。

思えば、北海道で畑をやっていた祖母のおかげでこの世界で生き延びられている。当時は、手伝うのがいやでしょうがなかったが、肥料作りから種まき、収穫までこなしたものだ。ナス、トマト、キュウリ、エンドウ。大概の野菜は栽培したことがある。

大人になってからも節約のためにミニトマトやオクラ、パセリなどをベランダで栽培して助けられた。

——さぁ、なにを作ろうかな……。

これから暑くなるからいいが、冬には寒冷紗が必要になるだろう。ビニールの代わりに麻袋が使えないか考えてみる。

——肥料作りもそんなに難しくない。花はいいけど、食べ物に人糞はやっぱり衛生上よくないよね。肥料を生ゴミや落ち葉なんかで作れたら最高。

凜は、お気に入りの茶器で白湯を飲みながら、次々とアイデアを紙に書き出す。

「やっぱりスローライフとか、丁寧な暮らしみたいな言葉がわたしには似合っているのよ」

慣れてみれば、後苑の仕事もそれほど悪くないと凜は思い始めた。上司はいないし、出勤はフレックスタイム。自分の時間も持てる。あとは、完掌苑さえいなければここは天国だ。

――眠っ……。

アイデアノートが十ページ目になったころ、眠気がマックスになり、凜はうつらうつらとし始めた。しかし、次の瞬間、ドン！　という大きな音がしてはっと驚き目を開けた。

「あ、あああ……」

目の前ではなんと、先ほど作った簡易温室が蹴り倒されているではないか。どうせ完掌苑の取り巻きの仕業だ。女官の衣の端が建物の陰に消えて行くのを凜は見逃さなかった。

「どうか、花だけは無事でありますように」

凜は祈るような気持ちで温室の中を見た。すると牡丹は倒れてはいたものの、鉢の土を少しこぼした程度ですんでいた。ほっと胸をなで下ろす。

「ああ、無事でよかった……」

こうなったらこの鉢を今夜は抱いて寝てやると凜は心に誓う。そこへ、先ほどの音を聞きつけたのか、杏衣など宮人たち十人ほどが慌ててやって来た。皆、作ったばかりの温室が壊されているのを見て憤慨する。

「こんなの酷い、許せないです。みんなで一生懸命、温室をつくって花を咲かせようとしたのに！　凜司苑、これからは私たちもできるかぎりお手伝いします！」

彼女たちは凜の手を握り、ぶんぶんと上下に振った。

「ありがとう、皆……」

凜は仲間ができてにわかに心強くなった。

完掌苑の嫌がらせにしろ、左遷されたという事実にしろ、この十日ほどで胃がキリキリすることがいくつもあった。でも、こうして応援してくれる人がいると分かると胸の奥がジーンとしてくる。

「ありがとう、ありがとう」

——絶対に完掌苑の鼻をあかしてやる！

7

翌日、凜が目覚めると、部屋の中で牡丹が薄桃色の大輪の花を咲かせていた。季節外れの火鉢を焚いて温めたのが功を奏したようだ。

「やった！　皆、花が咲いている！」

「やりましたね、お嬢さま！」

小葉と手を取り合い、飛び跳ねて喜ぶ。

「小葉。これですべての花が揃ったね！　妃嬪さま全員に届けて」

「はいっ」

真新しい円領袍に着替えた宮人女官たちによって、二十株ほどの花が一斉に妃嬪に届けられ、後宮は急に華やいだ。

身分ある皇帝の妻たちは、互いの牡丹を観賞しに居所を訪問し合って品評した。

後苑にも褒美がたっぷり下され、盆の上に並んだ銀錠と呼ばれる馬の蹄の形をした銀の塊を前に、凜や手伝ってくれた宮人女官たちはため息をつく。

「中でも徳妃さまの牡丹が素晴らしいと評判です！」

「よく頑張ったね、杏衣」

担当した杏衣はその言葉に喜んだ。

「凜司苑さまが温室を作ってくださったから咲いたんです」

「とにかく、これで完掌苑の目論見は外れたというわけ」

できれば、もっとしっかりとした温室を作りたい。杭州は暖かい地域とはいえ、朝晩は冷える。苗は冷えに弱い。そして一番の問題は、油紙や絹をビニールの代わりにしてもそれほど強度は得られないということだ。雨や風を防げなかったら元も子もない。

凜は考えながら後苑を歩いた。

若い宮人たちが草をむしり、内監が葉を掃く。

春まっさかりだ。

梨花がはらはらと白い花弁を落とすさまはあたかも晴天の中で雪が降るよう。柔らかな風が竹を揺らし、葉の音は涼やかだった。

――いい日。

後苑の北東部分では肥料を作るべく、一角に落ち葉を貯める堆積場を石で建設中だ。秋にならないと落ち葉は集まらないだろうが、今から準備しておけば、寒い季節に作業をしなくてすむ。

ぐるりと一周後苑を巡り、凜は少し気持ちが落ち着いた。深呼吸をして役所の重い扉を押し開ける。

「だからね、言ったでしょ。あいつはめげないって。次はどんな手で困らせてやりましょうか、完掌苑さま」

「今度こそ香華宮にいられなくしてやる。もう策は考えてある」

くくくっと完掌苑が笑う声がした。凜をどう陥れるか話している時だけは楽しそうだ。

「ずいぶん、会話が弾んでいるようね」

そこへ凜が突然現れたので、室内はしーんと静まり返った。女官たちは慌てて立ち上がり、一礼する。ただし、完掌苑だけは顔すら上げずに書類を書き始めた。凜は彼女がつけていた帳簿をさっと取り上げた。

するとようやく完掌苑は顔を上げ、こちらを睨んだ。

「南司苑。お返しください、重要な書類です」

しかし凜はその言葉を無視して続けた。

「業務の簡略化を小葉に命じました。あと、杏衣を九品女官に推薦したから劉女官は現場の監督に移るように」

劉女官が助けを求めるように完掌苑を見た。現場などに回されたくないと思っているのだろう。完掌苑は歯ぎしりし、鼻の穴を大きく開けて威嚇するが、凜は意に介さない。誰からも好かれたいと思うのはとっくの昔にやめている。

「あなたに、そんなことを命じる権限などありませんよ」

完掌苑はそう言い放ち、凜から書類を奪い取った。

「え？　わたし司苑なのに？　ここの責任者よ？」

「……慣例的に人事は私に任されています」

「はっ、『慣例的』にね」

凜は小銭の入った袋を完掌苑の前に置く。

「妃嬪さまたちから牡丹を育てた褒美を頂いたの。あなたもどうぞ、完掌苑」

「…………」

小葉が部屋の中にいる他の女官たちにも配る。困惑顔の者、内心喜んでいる者、それぞれだ。

「後苑でもらう褒美は『慣例的』にあなたが独り占めすることになっていたみたいだけど？　これからは少量でも全員に分けることにしたから。公平にね」

完掌苑は鼻息を荒くし、口をへの字に曲げた。自分の金が盗られたと思っているようだ。でも、凛も負けてはいない。これは自分の面子のためだけでなく、他の宮人女官のためでもあるのだ。

「あなたたちだけが新しい衣を着て、下級宮人が、穴をつくろって衣を着ているのだってはっきり言って間違っている。これからはそういうことは許しません」

「あの者らは土を触ってどうせ汚れるから新しい衣などいらぬのです」

「普段はそれでいいとしても、儀式などの時にもあれでは、みんな立つ瀬がないじゃない」

「うぬぬぬ」

完掌苑はうなり、反論しようとしたが、その前に凛は言葉を遮った。

「正装は新調し、作業着は古着を活用するよう尚衣局に命じました。宮人女官の風紀が乱れたのはあなたの怠慢よ。追って沙汰を出すから、覚えていて」

その時、突然押されてか、扉が開き、盗み聞きしていた宮人女官たちが現れた。総勢三十人ほどだ。彼女たちは、初めこそバツが悪そうにしていたが、すぐに立ち上がると、黙って凛の後ろに並んで、強い抗議の視線で完掌苑を見た。

「覚えておいて。わたしたちは慣れに流されない。つまらない横暴に屈しない！」

凛は高らかに宣言し、部屋を出た。皆が歓喜の声を上げ、後苑の女王さまに勝利したことを祝ってくれた。これからは、誰もが完掌苑の奴隷ではなく、草花、野菜を愛する人間としてここに籍を置ける。

「よかったです」

「よかったね」

手を取り合う仲間たち。完掌苑の降格は内侍省に申し入れてある。現在、八品だから九品で役職なしの女官にするのがいいだろう。できれば他の部署に行ってもらいたいが、そこまでの権限は凛にはない。

——さて、どうしよう……。

役所の前の石段で肘をつきながら考えていると、華やかな一行が現れた。人糞の臭いしかしなかった後苑に、一瞬にしてよい香りが立ちこめる。

「凛！」

「公主さま！」

懐かしい声の主は安清公主だった。

凛は慌てて立ち上がる。

公主はサンザシ飴を頬張りながら、スキップで凛の前までやって来た。春らしい桃色の褙子に赤の裙を穿いていて、髪はこの世界のスタイルではなく、凛が教えてやったゆるふわ三つ編みだ。リボンで毛先をしばり、かなり似合っていて可愛い。

「どうしたんですか、こんなところで」

「後苑に回されたって聞いたから、一緒に遊ぼうと思って。どうせ暇でしょう？」

暇ではない、と否定しかけて凜ははっとした。ここ最近、ずっと気を張っていたかもしれない。公主と久々に話がしたい。

小葉が「お行きください」とニコニコ言ってくれたので、凜は満面の笑みで大きく頷いた。

「お父さまや、妃嬪方が池に集まるらしいの。舟遊びをしない？」

「いいですね！」

しかし、皇帝が後苑にお見えになることを誰も凜に報告しなかったのは問題だ。連絡はあったはずなのに。きっと完掌苑たちが伝えなかったのだろう。

皇帝に粗相があってはいくら皇帝の義理の姪にあたる凜でも罰を受けなければならないところだった。教えてくれた公主に感謝する。

「行こう！」

「は、はい！」

公主が凜の腕を掴み、髪を揺らして歩き出した。

「それで？　後苑での生活はどう？」

公主の問いに、凜は暗い話はしなかった。代わりに温室なるものを作ろうとしていること、道具類を特注していることなどを話す。彼女はしばし考えて、後苑の北を指差した。

「昔、あそこに鶏小屋があったの。まだ建物はあるからそれを工夫して、その『温室』を作ったらどう？」

さすが、公主だ。カリスマ作家なだけあって柔軟な発想を持っている。

「公主、天才です！」

「油紙で窓を作り、雨の時は木戸で閉じられるようにすればいいのよ」

問題は勝手に使っていいかということだ。皇帝の鳥愛は深い。もしかすると、いずれ鳥小屋として使おうと思っているかもしれない。

「心配ないわ。昔、あそこは闘鶏用の鶏を飼っていたんだけど、お父さまは鳥が好きでしょう？　闘鶏なんてかわいそうだって言って閉鎖させたの。花を育てるなら文句を言われるはずはないわ」

それはありがたい情報だ。

南方の杭州はもうすぐ雨季になるから屋根は必須だ。既に建物があれば、一から建てる必要がなく、経費も抑えられる。鉢を雨から避難させるのにもいい。

「では明日、使用を求める書類を提出してみます」

公主は笑った。

「別に誰かに聞く必要はないわ。咎められたら私が許可したと言ってくれればいい」

凛は思わずガッツポーズを取る。

「そうしてくださいますか！」

「ええ。お安いご用よ」

凜たちはヤマボウシの葉が生い茂る小道を曲がった。赤い楼閣の脇を下り、小西湖と呼ばれる後苑の池の前に立つ。

皇帝と妃嬪たちはまだ到着していない。八角の涼亭に席を準備する皇帝付きの内監たちが忙しそうにしている。

凜は、公主と一緒に池の桟橋にまっすぐに向かった。舟が一艘浮かんでおり、公主は慣れたようにずんずんと乗り込み座る。どうやら凜が子陣と西湖で舟遊びをしたのを知っている様子で、凜に舟を漕いでと頼んできた。

「行きますよ、公主」

「レッツゴー」

以前教えた英語を公主は叫ぶ。出発だ。

凜は櫂を摑むと軽やかに漕ぎ出した。当然のことだが、池なので湖とは違い波もなく静かだ。風もない穏やかな日なので漕ぎやすい。

池の真ん中まで来ると、何の陰もなく、さすがに眩しい。凜は日差しを遮ろうと桃色の傘を開いた。公主が大きなあくびをする。

「いい天気。舟の上で居眠りしたいわ」

「ほんとですね」

公主は傘をささずに日を一杯浴びようと両手を大きく広げた。そして思い出したようにゴシップを語り出す。

「まったく香華宮ってところは不思議よね。皇帝の近衛たる羽林軍の将軍が、宮人とできているんですって」

「できてる？　恋愛関係ってことですか。宮人と？　大罪じゃないんですか。宮人は皇帝の妻の予備軍ですよ？」

「大罪に決まっているわよ。本人たちはそれを誰も知らないと思って密会しているから滑稽よね。もう結構、噂になっている」

「で、それは誰なんですか」

「たしか……鄭とかいう上将よ」

凜はそれで高善児のことを思い出した。公主はゴシップ好きだからなにか知っているかも知れない。手がかりがあれば少しでも知りたい。

「公主、実は宮人が一人、香華宮で行方不明なんです。なにかご存じありませんか」

凜はかくかくしかじかと西湖で見つかった不思議な死体の話をした。話しながら小刻みに指が震えてしまうのは、未だにショックが大きいからだ。

「お義兄さまが善児のことを捜しているんですけど、死体が善児じゃないかって、わたし心配なんです。宮人が香華宮から消えるなんておかしくないですか」

公主はサンザシ飴を口に放り込み、赤くなった唇を拭きながら真面目な顔になる。

「この香華宮では、突然さっきまでニコニコ笑っていた人が消えていなくなってしまうことなんてよくあることだわ。それを薄々変に思ってもみんな知らないふりをするの。関わりたくないから」

「人がいなくなる――」

「そう。忽然とね」

言いながら、公主は懐から紙に包まれた餅を取り出した。

「その高善児という宮人もきっとなにか事情があって消えたんだわ」

「……西湖で見つかったのが、善児だとすると、どうやって香華宮の外へと出たんでしょう。香華宮の警備はとても厳しく、宮人の外出はほぼ不可能なのに」

「それは――」

公主は一口、餅を口に放り込み、しばらく咀嚼していたが、急に動きを止める。

なにかを言おうとしているのに続きがない。

凜は公主の顔を覗き込む。

「どうかなさいましたか、公主さま」

公主は拳で胸を叩く。

訴えるように凜を見るが、なにを言いたいのか分からない。

「公主さま？」

「た、た、たすけて、り、ん……」

凛は瞳を大きく見開いた。

――餅が喉に詰まったんだ！

凛はパニックになる。

助けないといけないが、ここは舟の上だ。

舟を漕いで岸に着くまでに手遅れになってしまう。

「あ、そうだ！」

凛はすぐに櫂を投げ捨てると、公主の後ろに回った。テレビで見たことのあるハイムリック法だ。異物を喉に詰まらせた時に行われる救命処置で、腹部突き上げ法とも呼ばれる。うろ覚えで、後ろから両脇に手を入れて、腹部に手を回し、ぐっと突き上げるように圧迫する。

――ゆ、揺れる……。

安定しない舟の上では、どうしても激しい動きはできない。

左右に大きく揺れ、舟の周りの水が波立つ。

遠くから見たら、凛が公主に襲いかかっているように見えたかもしれない。

岸にいた人々が騒ぎだした。

内監たちが、舟を一艘、こちらにさし向けようとしている。

――やばい、公主さまが助からなかったら、絶対疑われる！

絶体絶命。

凛は今度は公主の背を思い切り叩いた。

なにも変化がない。

公主の小さな体がだんだん動かなくなる。先ほどまで顔を真っ赤にして苦しんでいたのに、顔色が青くなってきた。

──まずい！

「しっかりしてください、公主さま！」

悲痛な声で叫ぶと、もう一度ハイムリック法をし、それからすぐに公主の背中を叩く。

こうなれば、相手が公主だろうが皇帝だろうが関係ない。

凛は親の敵のように背中を叩いた。

「ぐあ、がははは、ごほごほ」

何度目のチャレンジか、咳とともに餅が勢いよく公主の口から飛び出てきた。彼女は大きくむせて体を前屈みに丸める。

「大丈夫ですか……」

公主の背を、凛はやさしくさすり、安堵の息をついた。

「だ、大丈夫……なんとか」

公主はしばらく咳き込んで、竹筒の水を飲んでいたが、我に返ると凛を抱きしめた。

「ありがとう……凛。もう少しで私、死ぬところだったわ！」

「大げさですよ、死ぬだなんて」

「ううん。息ができなかった。本当に死ぬと思った。もうだめだと思った！」

凛は涙目の公主を抱きしめ返した。きつくぎゅうっとすれば、凛もだんだん実感が湧いてくる。公主の震えが自分の震えになって止まらない。

「よかったです、公主さま。生きててよかったです……」

大事な友達が三途の川を越えずに済み、急に涙が出てくる。ほっとしたのもあるが、もし、と考えるとにわかに怖くなったのだ。

ふたりで舟の上でわんわん泣いた。

岸で見ていた人たちは、もう凛たちの舟から興味を失っている。おおかた、公主がまた、なにか演劇のワンシーンでも再現しているとでも思ったのだろう。

――テレビよ、ありがとう。

「もう帰りましょうか、公主さま……」

「そうね……」

凛は袖をまくって舟を公主とともに手で漕ぎ、水に浮いていた櫂を拾うとようやく人心地がついた。

まったく公主はいつも人騒がせだ。でもそんな公主だから好きだというのもある。自分の気持ちに正直で、皇帝の娘だからと気取ったところもない。

「凛、さっきの話だけど――」

「はい？」

「ほら、人が消えるっていう話よ」

「あ、はい」

そういえば、そんな話をしていたなと、大騒ぎの後では覚えていなかった。

「香華宮の門は警備が厳しいけれど、どこも内東門のように荷が検められるわけではないわ」

「と、いいますと？」

「東華門はここのところ、警備が緩いの。雑用の者たちも使える門だし、警備を任されている羽林軍はやる気がないのよ。香華宮に入るのはともかく、出て行く分なら特に咎められたりしないわ」

東華門といえば、名前は東なのになぜか香華宮の北にある門で、後苑に近い。以前は殿前司という役所が担当だったらしいが、昨年末の永新の謀反騒ぎでその信用を失い、組織の立て直しが行われるまで、羽林軍が臨時で任務を引き継いでいるのだと公主は言う。

「先月あたりから、宮外の食堂に料理をこっそり注文できるようになったの」

「店屋物ですか！」

「てんやもの？　よくわからないけど、配達の人が注文を取って翌日に持って来てくれるの。凛も行ってみるといいわ。頼めば、注文票にないものも届けてくれたりする」

なるほど、と凛は思った。だから、市井の露店でしか売られていないはずのサンザシ飴を公主が持っていたのだ。

「教えてくださってありがとうございます」

「いいの。凜は親友で命の恩人だもの。でも、他の人には言わないで。人が殺到したらお父さまにばれてすぐに禁止されてしまうから」

「分かっております。誰にも言いません」

凜は岸に上がると、公主にきちんと休むように言って、女官たちに彼女を託した。そして青い空を見上げる。浮雲が一つ、のんびりと東にゆく。日は中天にさしかかり、そろそろ昼食の時間を告げていた。

——せっかく公主さまが教えてくれたんだもの。ちょっと東華門の様子を見てこよう！　善児のことの手がかりもあるかも。

凜は後苑を北へと向かった。

8

東華門の警備が緩くなったなら、善児はそこから出て行ったのだろうか。凜は考えながら急いで後苑を突っ切り、お目当ての門の前に行くと既に何人かの内監たちがいた。公主は秘密などと言っていたが、どうやらもう配達の噂は広がっているようだ。その中で、二人の中年の内監が腕組みをしながら、話をしていた。

「天津飯の美味さっていったらたとえようがないよ」

「へぇ、天津飯？　何だそれ？　天津名物かい？　どんな食べ物だ？」

話題は、凜も街で吊り下げ旗を見て気になっていた天津飯だ。

——天津飯って、日本で作られた中華のはずよね。同じ名前の料理がこの世界にもあるのかな？

凜は小首を傾げて、さりげなく内監たちの後ろに立ち、話の内容に耳を澄ませる。

「天津飯とはな——生姜のきいた蟹入りの卵を焼いたのを、あつあつの白い御飯の上に載せて、さらにその上から甘酸っぱいあんをかけたやつさ」

「へぇ」

「卵はとろりと半熟。あんからはかすかに酒とごま油の匂いがして、しゃきしゃきの生姜の風味もいい。蟹が入っているのに、良心的な金額で、ゆでたエンドウの豆が散らしてあるから、色どりも美しく——それがどんぶりに入っていて——うう、話していたら腹が減ってきた！　早く来ないかなぁ。アイツ待たせやがって」

話を聞く限り、日本の天津飯そのものである。

——もしかしたら、日本の天津飯は昔の食べ物が再現されたものだったのかも。

凜は門の向こうを覗く。門兵たちはやる気なく、凜を阻むこともない。ちょうど門楼の太鼓が正午を告げた。「ドン、ドン」と鳴る音が、「丼、丼」と聞こえてくるから不思議だ。今日は様子を見に来ただけだったが、明日の昼の分を今、頼んで帰ろうと凜は思った。

「お待たせしました！」

そこへ汗を垂らしながらひとりの青年が現れた。

黒いリュックのようなものを背負って急いでこちらへ走ってくる。なんとか太鼓が鳴り終わる前に東華門前にたどりつくと、頭を下げた。

「遅くなってすみません」

「もうちょっと早く来てくれよ」

「道が混んでおりまして、お許しください」

年は十八歳くらい。髷を適当に結ってあり、つんつるてんの麻衣を着ている。毎日走って出前を届けているのだろう。体つきはなかなかしっかりしているが、酷いニキビで顔が真っ赤に腫れ上がって気の毒だ。しかし、目はきらきらしていて好青年なのが分かる。

「いつもありがとうございます」

青年は一人一人に丁寧に礼を言う。凜は正直、感心してしまう。腰が低く、顧客を大切にしているのがその姿勢でよく分かった。

凜は順番が回ってくるのを待った。

「おお、美味そうだ」

その間に早速、門兵が横でどんぶりの蓋を開けて天津飯を食べ出した。見た目も凜の知っている、あの天津飯である。

「ううん？」

凜は怪訝な顔になった。やはり日本の天津飯がこの時代にあるはずがないのだ。違和感しかない——ふと、第六感がさざめいた。青年のリュックをよくよく見ると、黒く四角い。緑色のロゴが入っていて「悠馬易々津」と書かれている。

「ゆうまいいつ？」

青年が明るい顔をこちらに向けて訂正した。

「ユウバーイーツですよ、お嬢さん」

「…………」

凜は固まった。

——ちょっと、待って……この既視感、えええっと、なんだっけ？

青年はにこにことリュックの蓋を閉める。そして取り出した帳面に慣れたように常連から次の注文を聞き取り始めた。

凜はそれをじっと見つめ、「いや、違う」「ううん、絶対そう」などと格闘していたが、ついに青年は凜の前に来た。

「ご注文ですか」

「あ……はい」

「明日の昼でよろしいですか」

「あ……はい」

凛はよくよく彼を観察する。表情がやはり、どことなく知っている人に似ていた。

――いいえ、そんなはずない……。

凛は心臓がばくばくと鼓動するのを止められなかった。もうすっかり忘れかけていた人物だ。二度と会うこともないと思って呑気にこの世界で暮らしていた。なのに、どうして――。

「天津飯でよろしいですか」

「は、はい」

「お一つで？」

「はい……」

「お名前は？」

「南です。東西南北の南です」

「ええっと、お代は十八文です」

そう言われて凛は十文銭が二枚しかないことに気づいて慌てた。

「じゃら銭あります？」

思わず出た北海道弁に青年が首を横にする。現代世界にいた頃の凛は普段、東京に馴染んでいる顔をしていたが、油断するとつい方言がでてしまう癖があった。慌てて訂正した。

「あ、おつりです、おつりのことです」

「ああ。二文のおつりです」

凛は青年が帳面にしっかりと南と書いたが、その横に「南、トウカ門前テンシンハン」と書いたのだ。

――カタカナだ！　やばい！　これ絶対、悠人だ！

凛は心臓が止まりそうになった。婚約者であり、凛の親友と浮気していた男。彼に違いなかった。表情もそうだが、こんな汚い字を書くのは悠人しかいない。彼の字には特徴があった。

凛は後ろに一歩下がる。

――このまま知らないふりをしてしまおう。

彼とは向き合いたくない過去ばかりがある。

二歩、三歩と下がって後ろを向いた。顔から血の気が引くのを止められない。そろり、そろりとゆっくりと門の方へと向かう。

「あの、お嬢さん――下のお名前は……」

青年――いや、悠人が帳面から目を上げて名前を訊ねた。凛は背を向けたまま答える。

「な、名乗るほどの者ではないです……」

彼は一瞬黙り、緊張した時の凛の仕草――乱れた髪をしきりに耳にかけるのを見ると、訝る声になった。

「もしかして……凜？　お前じゃないよな？」

凜は思わず、どきりとして振り向き、『まずい』と顔に出してしまった。

凜が悠人であることに気づいたように、彼の勘も冴えていた。何年も付き合っていたのだ。互いのことはよく知っている。癖から話し方、歩き方だけでなく、考えていることすら、なんとなく分かるものだ。逃げようとした凜を、悠人は盗塁する野球選手並みに素早く飛びかかって、衣の裾を摑んだ。

「逃がすか！」

「ちょっと、なにすんのよ！　放してよ！」

「お前、凜だろ！　そうなんだろ！」

「し、知らない、なんのこと⁉」

「オレをだませると思うなよ！　やっと見つけたんだ！」

片足を摑まれ、凜は一生懸命払おうとする。門兵たちが騒動を見て急いで悠人を引き離してくれた。

「凜司苑さまに無礼は許されぬぞ」

名前がばれ、悠人が叫んだ。

「お前、女官さまなのかよ！」

「ええ、そうなの。ごめんなさい。昼休みが終わるから、またね」

凜は脱げた靴を拾うと、履くのもそこそこに悠人から逃れた。心臓はまだ激しく鳴っていた。

——まさか、また会うなんて……どうしてこの世界にあいつがいるわけ!?

凜は門の中に逃げ込むと、もう一度、悠人の方を見た。彼の顔には焦りと行かないで欲しいという懇願が刻まれていた。

混乱した凜は自分の気持ちが分からなかった。一度は、心から愛して生涯を共にしようとした人だ。こんな風に別れていいはずはない。でも——彼の裏切りを許すことはまだできない。

安易な謝罪の言葉でも聞いたら、怒りと悲しみが一気にこみ上げて罵倒してしまいそうだった。

——咲良とこっそり付き合ってたくせに……気にかける必要なんかない！

親友の咲良は、大手メーカーの正社員で、明るく、美人で、ヨガと駅ビルの料理教室に通うような、凜と違って女子力の高い人だった。

きれいめ系のファッションが好きでピンクやラベンダー色をチョイスするタイプ。コスメはコスパがよくって口コミもいい、今、一番話題のものを使っていたし、グロスが似合う女子がいるとすれば、それは凜の周りには咲良しかいなかった。

自分の中で消化しつつあった失恋の痛みが、こんな風に突然、パンドラの箱が開くように再び現れるとは——。

「凜！　オレはここで待ってる！　凜がまた来るのを一歩も動かず待ってる！　必ず戻

って来てくれ！　待ってるからな！」

悠人は叫び、あぐらをかいて門の前に座り込んだ。

凛はやはり、彼と話すべきかと考え、引き返そうとした。このまま話さずに悠人の居所が分からなくなっては後悔するかもしれない。しかし、次の瞬間、凛の横を一人の女官が通り過ぎた。道の真ん中に突っ立っていた凛を、邪魔だとばかりに肘(ひじ)で押しのける。

——ちょっと！

文句を言おうとした時——。

凛の目に、衝撃的なものが飛び込んできた。忘れもしない、高善児に貸した髪飾り。それが、今通り過ぎた女官の頭に挿してあった。萱草(かんぞう)の花の形で金の柄がついている高価なものだ。見間違えるはずはない。

——どうして……。

第二章 髪飾りの女官

1

「あれ？　どこに行ったんだろう」

　息を切らせて追いかけたというのに、凜は髪飾りの女官を見逃してしまった。草花が茂る小道を通り抜ければ、さきほどいた池の前に出る。

「あ、皇上がいらっしゃる……」

　久しぶりに見るこの国の君主の姿だった。緑の瓦がまぶしい涼亭で徳妃と昼食を食べている。

「あ、あの子だ！」

　見れば、頭を少し下げながら御前に出て、茶の準備をしているのは、さきほどの女官だ。朱の短衫は皇帝の茶や酒を管理する翰林司の女官の制服。髪にはやはり、凜が高善児に貸した髪飾りが挿してあった。

「皇上、遅くなりました」

もう一人、そこに現れたのは、徐玲樹だ。皇帝に席を勧められて、恐縮の態で座る。まぶしい空の下、杏の枝が池に垂れ、水面に花が映っている。その横に、長髪の美麗な男が控えているのは絵になる。女官たちからため息がもれた。

――今、問い詰めにはちょっと行けないな……。

問題を咎められて左遷されたばかりで皇帝の前に大きな顔をして出て行けない。

――どうしよう……。

しばらく考え込んでいると、子陣が空の色と同じ、浅葱の袍を着て目の前に立っていた。皇城司長官の武官らしい恰好でも、官服でもないということは、皇帝の甥としてここに呼ばれたのだろう。

「おい、凜。なにをぼうっとしているんだ。何度も声をかけたのだぞ」

「ちょっと考え事をしていて――」

子陣はいつも通り「女官たるもの常に気を配り、上の空であってはならない」などと小言を始めた。これが始まると話が長い。凜は彼を無視して、その腕を引っ張った。

「ねぇ、あそこにいる女官が見える？　皇上に茶を淹れている人」

「あ？　ああ、翰林司の女官だろう？」

「うん。あの女官がわたしの髪飾りをつけていたの」

子陣は驚いたように凜を見た。

「髪飾りって、前に言っていた高善児に貸したという髪飾りか？」

「そう」

「間違いはないか」

「ない。それに下賜品だもの。裏にひっくり返せば、国の工房によるものだっていう印があるから、見せてもらえばはっきりする」

　子陣は顎（あご）に手を当てて考えるそぶりを見せた。例の女官はちょうど、茶碗（ちゃわん）を皇帝に両手で差し出すところだった。

「とりあえず、あの女官の名前を聞いてみよう。これが終わったら、呼び出して一緒に問い詰めればいい」

「ありがとう、お義兄（にい）さま。そうしてくれる？」

「ああ」

　凜はそれ以上、ここに用事はなかった。後苑の役所では仕事がたまっているし、先ほどの悠人のことも考えなければならない。することはたくさんあり、皇帝の茶会を覗（のぞ）き見している場合ではなかった。

　ところが――。

「皇上！」

　徐玲樹の大きな声がした。はっと見ると、皇帝が口を手巾（しゅきん）で覆っている。吐き気があるのだとすぐに分かった。

子陣が駆け寄る。

「皇上！　しっかりしてください。誰か、太医を呼べ、太医を！」

皇帝はなかなか吐けずに苦しんでいた。徐玲樹がその背を撫でたおかげで、ようやく戻し始める。しかし苦しそうにうめき続けている。

――まさか……毒？

凜と同じことを子陣もすぐに考えついたようだ。

「誰も何も触るな！　皇城司の命だ。ここにいる者は全員、涼亭から出て前に並んで立っていろ。その場から動くな」

皇帝の秘密警察機関の長だけあって、子陣はすぐに現状保持を試み、再び太医を呼んだ。しかし、太医が到着する前に、皇帝は暗闇を探るように両手を彷徨わせ、気を失い倒れてしまった。

「皇上！」

太医が現れたのはしばらくたってからのことだ。脈を診、様子を窺うと、蒼白な顔で福寧殿へと玉体を運ぶように言った。

徐玲樹がテキパキと近衛である羽林軍の兵士たちに皇上を運ぶよう命じている。

羽林軍の鄭上将は、子陣がなにか言う前に、並ばされていた宮人女官、内監だけでなく、同席していた徳妃まで調査すると言って連行した。

「急げ、福寧殿にお運びするのだ」

子陣も皇帝に付き添い後苑を慌ただしく後にした。

一人残された凜は、深い闇の中に陥ったような気持ちになった。

――髪飾りの女官が茶を淹れた。その後、皇上が倒れられた。これって、高善児の死となにか関係があるんじゃ……。

凜は、福寧殿の前を通り、居所の小琴楼に戻ろうとした。普段は別に咎められることはないのに、今日という日は物々しい警備だった。

「待て。どこに行く」

羽林軍の者たちに止められ、厳しく詰問される。

「小琴楼に戻るだけです」

ようやく封鎖されている福寧殿周辺の区画まで入れた凜は、遠くから様子を窺う。皇上の容態を案じてか、重臣たちだけでなく、成王や子陣、他の皇弟や子陣の従兄弟たちまで集まっていた。

お父さまっ子の安清公主が、しきりに中に入りたいと訴えているのが見える。しかし、鄭上将が、太医の指示だと言ってがんとして中に入れようとしなかった。

彼女は袖で涙を拭いて、とぼとぼと階段を下りて来る。

凜は兵士がいないのを確認してから、公主に走り寄った。

「公主さま……」

「凜……お父さまが……」

「大丈夫です。きっと大丈夫です……皇上はお強い方ですもの……」

公主は凛を抱きしめて嗚咽を漏らした。その背の向こうで、子陣と成王がゆっくりと階段を下ってくる。

「お義父さま……」

「凛。玲月をたのんだぞ」

「お帰りになるのですか」

「うむ……」

皇帝の命が危ないこの時に、皇弟である成王が帰るのは不思議だったが、宗室の長老たる成王が帰らない限り、他の皇族たちも帰りづらいことが分かっているからだろう。それにこの機に乗じて、皇位を狙っているとも思われたくないのかもしれない。

「お義兄さまはどうするの？」

「あまりに不審な点が多い。毒の可能性もあるから、捜査しないとならない。このまま香華宮に留まるよ」

凛は子陣と公主を見た。

「なら小琴楼に泊まって行ったらどう？　二階が空いているし、なにかあってもすぐに福寧殿に駆けつけられるから」

子陣と公主は顔を見合わせた。子陣が先に喜色を表す。

「それはいい。小琴楼の二階からなら、福寧殿もよく見えるしな」

公主も大きく首を縦に振る。

「布団と着替えを持って来るように女官に言うわ！」

「それで決まりですね！」

なにかあれば、すぐに使いが出せるように手はずを整えてから、成王に別れを告げ、三人は朱漆の楼閣へと歩きだした。

「それで、誰が皇上の看病をしているの？　徳妃さま？」

凜が問うと、子陣が不快そうに尖った声を出す。

「いや……徐玲樹だ。徳妃さまは居所で軟禁中だ」

「え？　なんで？」

凜は純粋に驚いた。

「なんでって……徳妃さまは昼食を用意した。あやしい人物の一人だ。当たり前だろ？」

「でもどうして、玲樹さまなの？」

「徐玲樹は皇帝陛下を福寧殿に運んで、そのまま残ったというだけだ」

納得がいかない人選だが、妃たちの誰かを指名すれば、それはそれでもめ事になりそうだし、気心の知れた側近なら、政務を滞ることなく進められるからだろうか。

「とにかく、あの凜の髪飾りをつけていた女官はあやしい。皇上に茶を出しているし、毒を盛ろうと思えばいくらでもできただろう」

「え、ええ……」

「後で警備が緩んだら、話を聞きに行こう」

三人は協力し合うことを誓った。

2

いくら協力するとはいっても、さすがに、皇帝の娘である公主を牢獄に連れて行くわけにいかない。しかし公主のことだから納得しないだろうと、駄々をこねられる前に子陣が一計を案じる。

「玲月には大事な任務がある。小琴楼の二階から福寧殿の様子を見張っていろ。なにかあったらすぐに知らせるんだ」

「任せて!」

任務を与えることで公主を上手く丸め込み、凜と子陣は二人で髪飾りの女官――華詩という名の人物を探しに、浣衣局に行ってみることにした。

浣衣局は罪を負った宮人女官が洗濯や肥桶の片付けなどの労働を科される場所だが、牢獄もあり、華詩はそこに捕らわれているという。

「これは、郡王さま」

迎えたのは陳宮正という後宮の処罰を預かる女官の長だ。彼女も未だになにが起こったのかよく分からず、子陣の登場にほっとしている様子だった。五十代くらいだろう。

厳しい顔付きの人で、子陣が華詩に会いたいというとすぐに鍵を持って来た。

「華詩の取り調べは、一番に行いました。なにしろ、皇上に茶をお出ししたのがあの者でしたので」

「なにか、吐いたか」

陳宮正は首を横に振る。

「いいえ、なにも。知らぬ、存ぜぬです」

子陣は鍵を預かると、暗い建物の中に入った。

凜も後に続き、辺りを見回す。痩せた女たちが生気をなくした瞳でぼんやりと牢の中からこちらを見ていた。

「あれです。あれが、華詩です」

子陣は牢を守る卑屈そうな内監に鍵を投げた。

内監は枷をはめた華詩の髪を摑んで牢からひきずり出す。そこまでしなくともと凜は思うが、本当に皇帝に毒を盛ったなら大罪だ。庇うことも罪になる。

「お前が、華詩だな」

子陣は感情を殺した声で彼女に尋ねた。どうやらすでに拷問を受けたようだ。鞭打ちされた背中が痛々しく、立って歩くこともままならない。

「はい……」

「お前が皇上に毒を盛ったのか」

「いいえ……」

「では誰が盛ったのだ」

「存じません」

「誰を庇っているのか」

「誰も……」

華詩は意志の強い女性に見えた。ボサボサの髪を直すでもなく、淡々と質問に答える。普通なら、こんな状況に陥れば、保身に走って聞いていないことまで話してしまいそうなものなのに、子陣のほとんどの質問に「知りません」と答える。まるで、何度もそう言うことを練習してきたかのように——。

凜が代わった。

「関係ないことですが、聞きたいことがあります。その髪飾りはどうしたんですか」

「髪飾り?」

華詩はそんなことを言われるとは思ってもみなかったのだろう。一瞬の動揺を隠しきれず、慌てた様子を見せた。凜は再び訊ねた。

「どうして持っているんですか」

「……友達にもらったんです」

華詩は一つの嘘も見破られまいとするかのように、体を右側に傾け、そっぽを向いた。

「友達って誰ですか。高価なものですよね?」

凜はじっと華詩を見る。

「それはわたしの髪飾りなんです。どうしてあなたが持っているのですか」

「…………」

「わたしのなんです」

「嘘です。なにかの間違いではありませんか。これは私の髪飾りで、凜司苑のもののはずはありません」

凜は手を伸ばしてさっと髪飾りを抜き取った。そして後ろにひっくり返して華詩に突きつける。

「見てください。これは、皇上からの下賜品で、国の正式な工房で作られた品である印があります。調べれば、すぐに誰のものか分かります」

華詩は枷のついた両手を重ねてぎゅっと握り締めた。明らかに動揺している。やはりこの髪飾りがキーなのだ。

「も、申し訳ありません。これは小琴楼の前で落ちているのを見つけて……その……拾って自分のものにしてしまったのです……」

華詩は目を泳がせた。

凜は嘘を見抜いて更に追及する。

「嘘を言っているのは、華女官の方ではありませんか。この髪飾りは尚食局の高善児という宮人にわたしが貸していたんです。どうして善児がつけていた髪飾りをあなたが持っているのですか」

華詩は黙り込んだ。指先がわずかに震えている。だが、それ以上、なにを聞いても答えなくなってしまった。

「華女官、もう戻っていい」

それなのに、なぜか子陣は、それ以上粘らずに華詩に房に戻るように命じる。

「行こう、凜」

彼は、凜の腕を摑んで建物の外に足早に出た。彼女は納得がいかない。

「どうしてもっと話を聞かないのよ？　あの人が善児の死についてなにかを知っているのは明らかじゃない！」

しかし、子陣はすぐに回れ右して裏門から浣衣局を後にする。凜が訝しく思っていると、羽林軍の兵士たちが表門から雪崩れ込んできた。

「秦影が知らせてくれた。どうやら、羽林軍が捜査権限を得たとな。これ以上ここにいるのは得策ではない」

「なんでわたしたちは羽林軍から隠れないといけないのよ」

凜は早足で子陣を追いかけながら聞いた。

「皇城司は独立した捜査機関だ。正式な捜査権を羽林軍が持ったとしても、捜査できる。だが、向こうは自分の担当事件に鼻を突っ込まれるのを嫌うんだ。お互い、顔を合わせない方がいいだろう」

「それにしたって、まったく権限がないわけではないんだから、華詩にもっと詳しく聞いてみましょうよ。嘘は下手そうだし、問い詰めればきっとぼろを出すはず」

凜は諦めきれずに足を止める。

子陣はなだめるように彼女の前に立った。

「華詩は死んだ高善児からその髪飾りを盗んだのだと、俺は思う。もしそうなら、事件のほころびだ。証拠を残したことになる。計画の背後にいる人物にとっては思ってもみない事実に違いない」

「う、うん……」

「華詩が恐れたのは、髪飾りを盗んだことが凜に知られたことではない。背後の人間に事件発覚の糸口を残したのを知られてしまうことだったんだ」

子陣は伊達に皇城司の長官をしていない。たった数分に起きたことを理路整然と分析して推理する。凜は感心した。

「髪飾りが鍵なら、これ以上、追い詰めると華詩は口封じされるだろう。そうなれば重要な証人がいなくなる」

その通りだ。

一介の女官である華詩に皇帝を殺す動機があったとは思えない。必ず背後でそれを命じた人がいる。そう考えれば、今、華詩を追い詰めるのはたしかに危険かもしれなかった。

凛は髪飾りを見つめると、自分の髪につけた。

「俺の勘では、絶対に華詩はすぐに釈放されるぞ」

「そんな、まさか――」

華詩が許されるはずなどない。凛が反論しようとしたその時、子陣の右腕、秦影がきびきびとした足取りでそこに現れた。

「殿下」

「どうした？」

「西湖の死体の身元が判明しました」

凛と子陣は真剣な面持ちで次の言葉を待つ。

「尚食局の宮人、高善児で間違いありません。家族が確認しました」

善児の脚にあった大きな痣を家族が確認し、間違いないと証言したという。

「……嘘でしょ……」

凛の胸がぎゅっと痛み、涙がはらはらと頰をつたった。心のどこかでは悟りながらも、最後まで善児でなければいいと願っていたから、余計に辛く、凛は泣きじゃくった。子陣に抱き寄せられる。

「大丈夫か、妹妹……」

「ううん……全然大丈夫じゃない……善児が……善児が……」

必ず犯人を見つけ出さなければと、凛は涙に誓った。

3

後苑は左遷者の宝庫だ。

善児の死の真相を明らかにすると誓った凜は一人後苑に戻ると、翰林司での勤務経験があり、かつ華詩のことを知っている人はいないかと聞いて回った。すると、数人に聞いただけですぐに一人見つかった。梅珠と言う名の女官で、普段は宮人を束ねて、後苑の除草を任されている人物だ。

「女官の華詩ってどんな人か知っている？」

「はい。知っているもなにも、私がここに送られたのは華詩のせいなんです！」

翰林司は皇帝に直接仕える花形だ。その花形部署にいた梅珠は華詩のせいで理不尽な理由で左遷されたらしく、腹を立てている様子だ。

「華詩といえば、家が裕福だったというのが自慢で、身分が低い出の者たちを見下す嫌な人でした。そのくせ、下の者がしゃれた飾りなどをしていると、理由をつけて取り上げて自分のものにしてしまうのです。とても高貴な者のふるまいとは思えませんわ」

悔しさはまだ昨日のことのように胸に刻まれているのだろう。梅珠は声を尖らせながら当時のことを語る。

「派手好きで、女官の服装は規則で決まっているのに、いつも飾りをつけたり、衿を替えたりと目立つ恰好をしていました。でも、上に取り入るのが得意で咎められたこともなく、それで調子づいていたんです」

梅珠はどうやら、下級の宮人を庇って華詩の怒りを買い、この後苑に移されてしまったようだ。

「他になにか知っている？　趣味はなに？　親しくしていた人はいた？」

「あ、ああ。はい。華詩は――まぁ、これは華詩だけではありませんが、翰林司の女官たちは皆、都承旨さまのことが好きで、華詩はその中でも熱烈な信奉者でした。他の女官たちが気安く都承旨さまに近づくと陰でねちねちといじめていました」

凛は首を傾げる。

「都承旨って玲樹さまのことよね？」

「さようでございます。香袋を華詩が差し上げていたのを見たことがあります」

「ふうん」

徐玲樹はあの容姿だ。女官に当然人気があるだろう。

――驚きはしないけど……玲樹さまがもし華詩の背後の人物だとしても――皇帝を殺そうとする理由がない。しかも玲樹さまは皇帝に取り立てられて、一地方官から側近になったはず。皇帝に感謝こそすれ恨む必要はない。徐玲樹さまは犯人から外していいはず……。

凛は礼を言ってその場を去ろうと思った。しかし、梅珠があっと声をあげたので立ち止まった。

「その髪飾り」

「これ？」

「はい。萱草ですか」

凛は外して梅珠に見せる。

「ええ。そうだと思う。下賜品なの」

「そうなのですね。びっくりしました。てっきり凛司苑さまも徐都承旨の信奉者かと思いました」

「信奉者？　わたしが？　なんで？」

梅珠は懐から萱草の刺繡の入った手巾を取り出して見せた。

「信奉者はみな萱草を身につけるのですわ。徐都承旨さまがお好きな花だから」

凛はなぜ、高善児が髪飾りを借りたがったのか理由が分かった。宮人の身では新しく髪飾りを買う金などなかっただろう。借りた髪飾りで徐玲樹の目に留まろうとしたのではないか。そう思うと健気な高善児が哀れになった。

「凛司苑さま」

そこに遠慮がちな声がする。顔見知りの内監だ。折りたたまれた紙がそっと凛の袖の中に入れられた。

「ありがとう」

きっと子陣からの連絡だ。そう思って広げると汚い字が並んでいた。この世界では字の汚い人は教養が足りないと思われるから、致命的な欠点だ。子陣ではない。

「この字。悠人だ……」

平仮名交じりなので間違いない。

「門に来てくれ。絶対に」

この忙しいときに悠人のことまでかまっている余裕など本当はない。しかし、行かないのは気の毒すぎる。姿から苦労しているのは分かるし、知り合いもいない中、異世界転生してしまったのなら、手を貸してやらないわけにはいかない。

「あ、もう……ホント嫌になる」

文句を言いつつ、彼に会って話してみたいと思う自分もいた。この異世界で一人だけだと思っていた日本人がもう一人いるのだ。

「……悠人」

東華門に行くと彼は別れた時と同じように門の前にあぐらをかいて座っていた。

「凜！」

彼は雨の中に捨てられた子犬のように走り寄ってきた。

「オレ、凜に会えて嬉しい！」

「こっちは、あんたなんかに会って最悪の気分よ」

とりあえず、冷たい言葉をかけておく。浮気したのを許していないということを態度で示さなければならない。

「怒ってるんだな。咲良とのことを――」

「咲良？　いつから呼び捨てにしてんのよ！」

「あ、う……」

悠人はしどろもどろになる。凛は顎を上げた。

「まぁ、別にもうあなたのことなんて関係ないからいいけど」

悠人は慌てて話を変える。

「それにしても凛、その恰好、本当に女官さまなんだな」

凛は少し気分をよくした。

「七品女官よ。それだけじゃない。皇帝の義理の姪に転生したの。あなたは？」

「オレは……西湖近くにある食堂の店員だ……なんでオレだけ、村人Bポジなんだ」

凛は腰に手を当てた。

「因果応報、善因善果、自業自得って言葉知っている？」

高笑いが出かけたが、悠人が彼らしくもなく泣き出しそうになったからバツが悪くなり黙った。

　どうやら、凛がトラックに轢かれたのを見て慌てて道に飛び出し、後続車に轢かれて死んでしまったらしい。そして突然目覚めたのが西湖のほとり。料理屋の店員に転生したのが分かったものの、朝から晩まで薄給で働かされ、「考えついた」天津飯のレシピも店主に盗られたから、天津飯の人気が出ても悠人にはなんの利益もなかったという。

「だから悠馬易々津を始めたんだ」

まぁ、それは賢い選択だ。露店の店員よりも自営の方がいい。投資もリュックだけですみそうだし、健康な人間に生まれ変われたのはなによりだった。

「だけど、信じられるか？　オレのフードデリバリーのアイデアを盗む奴らが現れたんだ！」

──いや、そもそも天津飯のレシピだってパクリじゃん！　それにしても……。

「悠人は工学部出身でしょ？　なんかもっと別の仕事はなかったの？」

彼は鼻で笑った。

「オレは工学部情報学科卒のプログラマーだ」

「だから？」

「パソコンがないとオレはなにもできないんだよ！」

たしかにその通り。悠人は現代では大手企業に就職しバリバリ働いていたが、この世界ではつぶしがきかない。

おまけに、大の虫嫌いだったし、土いじりになんかまったく興味がない。常に最新のガジェットを使いこなす男は、掃除もペットもロボットだった。

「天津飯が作れただけえらいよ……」

ようやく凛も褒めてやる気になった。

「だろ？」

悠人は得意げに言う。

「じゃ、だいたい事情は分かったから、またね」

「お、お、おい。待ってくれ。仕事を紹介してくれないか。香華宮の仕事ならなんでもいい」

凛は上から下まで悠人を見る。

「内監でもいいの？」

「内監ってなんだよ？」

凛は囁く。

「宦官に決まっているでしょ」

「は!?　嫌だよ絶対！」

凛は手を振った。香華宮で内監以外に出世するポジションを庶民が得るのは難しい。しかし——。

「オレは愛している！　凛のことを愛しているんだ！」

まるでここが世界の中心かのように悠人は愛を叫び始めた。行き交う人が一瞬、足を止め、門番たちは何ごとだろうかと顔を見合わせる。

凛は真っ赤になって悠人の口を押さえた。

「黙りなさいよ！」

「仕事をくれ。くれないとここで凛への愛をオレは叫び続ける！」

もう深いため息しか出ない。どうしてこんな風になってしまったのか。

「復縁してくれ、凛！　そして一緒に日本に帰ろう！」

凛は頭を抱えた。

「どうやって帰るか方法を見つけたの？」

「あ、いや……でも二人なら必ず見つけられるはずだ！」

「復縁なんて馬鹿らしい。一度裏切った人と仲良くやっていけるわけがないでしょ」

「凛……そんなこと言うなよ……今日食うものさえないんだ」

凛は「もう……ホント嫌になる」と先ほども呟いた台詞を繰り返す。とはいえ、困っている人を見捨てられないのが凛だ。自分でもこれから発する言葉が信じられないながら悠人に言った。

「しょうがない……本当になんでもするの？」

「ああ！」

「工学部情報学科の人にできるか分からないけど……後苑——香華宮の庭に温室を建てようと思っているの。とりあえず、それを手伝ってくれる？」

「あ、ああ！　オレは犬小屋を作ったことがあるんだ。任せておけ！」

「……………」

一抹の不安はあるが、仕方ない。悠人に愛はもうないが情はある。

凜は小銭を渡してこざっぱりした衣に着替えてくるように言い、後苑を統括している唐後苑司に推薦状を書いてやった。彼は大喜びで走り去った。

「ここで会ったが運の尽き、ってやつだ……」

4

翌朝、公主の提案で、皇帝が倒れた時の状況を再現してみることになった。

後苑の池の涼亭であの日のように石の円卓に茶器を並べる。茶は「龍鳳茶」といい、皇帝のための特別な茶だ。日本の煎茶と違い、固形にしたものである。公主ですら一杯分しか茶葉を持っていなかった。

「そんなに貴重な茶なのですか」

「白居易の詩に『緑芽十片火前春』っていう詩があるほど、寒食以前に摘まれた茶は貴重なものなのよ」

——なるほど……初鰹みたいなものか……。

子陣がつけ加える。

「だから、皇帝の愛娘の公主にさえ一杯分しか贈られなかった。もちろん、栽培技術は日々進歩しているし、いずれ手に入りやすくなれば、そんなことはないだろうけどな」

流暢に話していた子陣だが、茶道具を見てふと手を止めた。

「皇上にお出しする茶器は青磁を使ったのか」

公主が用意した茶器は薄緑がかった青磁の器だった。静寂を思わせる美しい色合いで、現代に持って帰ればおそらくウン千万はくだらない逸品だ。

「ええ。そう。似たような形と色合いの器を探したわ」

「龍鳳茶は兎毫盞がいいと言われているのに……これを使うとは意外だ」

子陣曰く、兎毫盞とは黒色の茶碗のことで、なんでも有名な「茶録」なる本にそう書かれているのだという。

「どうして黒い茶碗がいいの？」

茶に詳しくない凜は訊ねる。

「それは、龍鳳茶が白い茶だからだ」

この世界の茶は、茶葉をひいて日本の抹茶のように粉末にしたものをお湯と茶筅でかき混ぜて点てる。龍鳳茶は、その美しい白い色を際立たせるために黒い茶碗で飲むのが好まれるらしい。

「まぁ、とりあえず、点ててみましょう」

公主が華詩の役、子陣が皇帝、凜が徳妃となった。

当日と同じように、公主は龍鳳茶を紙でぴっちりと包み、槌で砕く。それを茶碾でする。一晩おくと色が悪くなってしまうから、するのは必ず飲む分だけだ。それをふるいにかける。

「茶碗は少し火であぶって温かくしておくの」

公主は慣れた手つきで茶ばさみを使う。

「茶碗の中にひいた粉の茶を一銭（約三・七グラム）入れ、お湯を少し入れて茶筅でかき混ぜる。さらに湯を入れて茶碗の四分目ほどになったら完成。どうぞ」

公主が子陣の前に茶を差し出す。彼は茶をじっくりと見た。

「茶の表面が茶碗にぴったりつき、水痕もない。表面は真っ白がいいと言われているが──」

凜は顔を近づけて茶碗の中を見た。

「綺麗な白い色」

「…………」

彼は納得いかない顔をする。凜は茶碗を奪うとじっくりと観察し始める。そしてすぐに鼻をくんくんとさせた。

「いい匂い。なんの匂いですか、公主さま」

「龍鳳茶には龍脳香という龍脳木から抽出される香りを少量、混ぜてあるの」

「へぇ、いい匂いですね。さすがは皇上のお茶です」

──ジャスミン茶みたいなものかな？

子陣も匂いを嗅ぐ。

「たしかに、龍鳳茶には匂い付けがされる……粉末にするから茶殻すら残っていない…

……」

彼は自分でそこまで言うと、ぴくりと体を震わせて立ち上がった。

「玲月。兎毫盞は持っているな⁉」

「え？　ええ……居室にあるけれど……？　でもなぜ？」

「すぐに取ってくるように言ってくれ」

凜と公主は顔を見合わせた。子陣はなにを考えついたのだろうか。

貴重な兎毫盞は女官によってすぐに涼亭にもたらされた。子陣は自分の前に丁寧に二つの器を並べ、真剣な眼差(まなざ)しで茶を見つめた。

「二人とも、よく見ていてくれ」

凜と公主は子陣の手元に釘付(くぎづ)けになる。彼は青磁の茶碗の中にあった茶を黒い茶碗にさっと移し、二人の前に置いた。

「どうだ」

「どうって？」

公主が、訳が分からず聞き返したが、凜はすぐに気づいた。

「さっきは気づかなかったけど、黒い茶碗に白い茶を入れると、青磁に入れた時よりも茶がより白く見える」

「ああ。その通り。青磁だと少し透けて中身が薄緑がかって見える。黒い茶碗だと対比で真っ白に見えるのだ」

公主がバンと卓を叩いて立ち上がる。

「つまり、何者かは、茶の中になにか別のものを混ぜることができたってことね！　それは緑がかっていた！」

「そうだ。そういうことだ。乳白色に少し緑色が残るために毒が発覚することを恐れて青磁が選ばれた」

凜も立ち上がった。

「香りのついた龍鳳茶を使ったのも異物の匂いを悟られないためだった！」

公主が少し考え込んだ。

「でも一体、その毒はなんだったのかしら……毒味はちゃんとされたのに――」

「一口二口では問題ない毒だったのかもしれない」

子陣は茶碗を睨んで言った。

翰林司は茶のスペシャリストの集まりだ。龍鳳茶に兎毫盞を使うことはもちろん知っていたはずだし、少しでも茶葉に問題があればすぐに気づいたはずだ。

「やっぱり華詩はあやしいわね」

茶を点てた人物以上に疑わしい者はいない。だが、裏で手を引く犯人はなかなか狡猾で頭もよさそうだ。華詩が混ぜ物を入れたとしても、それがなにか特定するのは難しそうだ。

「じゃ、わたしはそろそろ仕事に戻ります」

「話はまた後でしょう」

凜も子陣も仕事がある。小琴楼に夜に集まりそれぞれわかったことを話し合おうということになった。

凜は肩を自分の手で揉みながら、首をポキポキとさせる。清明節からろくに寝ていない。疲れはマックスだった。

――茶に入れられた毒ってなんだったんだろう……。緑色をしていたはずだから植物？　華詩が犯人だとしても背後にだれかいるはず。どうして皇上は狙われたのかしら？　どうやってこの香華宮に毒は持ち込まれたんだろう――。

凜の悩みは、皇帝のことだけではない。

――ああ……悠人のこともあったんだっけ。後苑は後宮ではないにしろ、技術者を中に入れたら書類を書かないといけないし……下級官吏の胥吏に推薦するのが一番だけど、あいつ、字がほぼ書けないし……。

「字ぐらい勉強しておいてくれればいいのに……」

凜は愚痴気味に独りごちる。しかし、考えてみれば、彼は自分の生活に精一杯だったはず。本はこの世界ではとても高価なもので、学者や読書人、公主のような有閑オタクしか手にすることはできない。

――とりあえず、悠人には温室を建ててもらって、それから正式採用できそうか、考えよう……。

後で公主なり、子陣なりに泣きついて官位とまでいかなくても正式な香華宮の一員にしてもらえばいい。

凛は役所に戻ることにした。

それなのに――。

「そなたが盗んだのでしょう！」

後苑の芍薬の庭近くに行くと大きな声がした。見ると、悠人が六人ばかりの宮人たちに囲まれていた。

「どうしたの？」

「この者が盗んだのです」

「盗んだ？　なにを？」

「ここに咲いていた花をです」

宮人たちが指差したのは、掘り返された土だった。

「オレじゃない。オレはここに初めて来たし、花なんて興味ないし！」

凛はため息をついた。初日からこれだ。

「これは悠人。温室を作る職人よ。しばらく後苑で働くからよろしくね」

「え？　凛司苑さまのお知り合いだったんですか」

「う、うん……」

「悠人なんて珍しい名前ですね」

疑いの眼を宮人たちが悠人に向ける。

「そ、そうなんだ。悠人は杭州ではなく、遠い田舎の出身で、ええっと、以前、街で危ないところを助けてもらったことがあるの」

まったくそうは見えないと凜と悠人を宮人たちは見比べる。

「よく考えて。花が盗まれたのはいつもの嫌がらせかもしれない。慌てふためいてはだめよ」

「あ、ああ……」

完掌苑の仕業だと暗に言われて、宮人たちは妙に納得した顔になる。悠人にも「ごめんなさい」と素直に謝り、彼も「いえ……冤罪が晴れてよかったです……」とそれなりに大人の対応をしてくれた。

「それでも凜司苑さま。ここのところ花を盗まれることが多すぎます。どうしたらいいですか」

「花盗人は風流のうちと言うから、とりあえず、様子をみましょう」

「はい」

凜は暖かい日差しに額の汗を拭った。悠人が申し訳なさそうにする。

「悪いな……凜……迷惑かけて……」

「謝るなんて、らしくないよ。それよりさっきの子たちに鶏小屋に案内させるから、現場を見て温室作りに必要そうなものをリストにしておいてくれる？」

「わかった」

先行きはあやしいとはいえ、とりあえず、悠人の問題はクリアーできそうだ。さて、完掌苑をどうするか考えなければならない。重い足を引きずって役所に戻りかけた時、子陣が池の方からこちらに歩いてくるのが見えた。

――絶対、悠人のことをなんか言われる。

小言が多く、過保護な義兄（あに）がなにか言わないはずはない。なにしろ、凜の横にニキビ顔の青年が立っていて、しかも郡王さまに拝手すらしないのだ。遠目からでもわかるくらい、子陣の片眉（まゆ）がぐっと上がった。

5

「凜、このちんちくりんは？」

「え、あ……ええっと……お義兄（にい）さま……えっとこれは悠人。後苑に温室を作る予定で雇った臨時の技術者よ」

「……姓は？」

「姓は……」

――知らない。転生後の名前なんて聞いてない……。

「悠が姓で名前が人よ」

内心慌てたのを隠して凜は微笑んだ。

「なるほど、珍しい姓だな」

悠人が前に進み出てぺこりと頭を下げる。

「よろしくお願いします。悠人です」

凜は自分もつい最近まで礼儀作法を知らなかったことを棚に上げて、元婚約者を殴りつけてやりたくなった。相手が皇族なら跪くくらいしても大げさではないのに、名刺交換でもしそうな勢いだ。

「悠人は、梯子から落ちた時、頭をぶつけて、わたしみたいに記憶喪失になってしまったんですって。少し礼儀作法がなっていないのもそのせいだから、気にしないで」

凜は子陣の背を押してその場を離れようとしたが、彼の目は悠人を睨み据えている。

「凜、ああいう輩と付き合うのはどうかと思うぞ。皇室としての品位が問われる」

「ええ、ええ、本当に。でもしっかりした技術者だからその技術を買ったの」

「義理の兄として言わせてもらう。凜が付き合う者にろくな奴はいない」

「うん、うん、そうだね。で？　どうしたの？　またなにか分かった？」

苦し紛れに話題を変えようとしたのだが、子陣は何かを思い出したようにはっとした。

「ああそうだ、毒の入手先を一緒に探そうと思ったのだ」

「うん、そうね。内東門司にまずは行ってみましょう。帳簿を見せてくれるはず」

子陣の目をうまく悠人からそらすことに成功した凜は、子陣と一緒に後苑を南に歩き出した。だが、内東門司でなにか発見できるとは思えなかった。先の火薬事件の時、内東門司で硝酸カリウムが見つかったため、より警備が厳しくなっているのだ。それは御薬院や翰林医官局も同じことだろう。

「なにもないな……」

案の定、内東門司で小蔡子が帳簿を何度もひっくり返して調べたが、不審な点はなにも見つからなかった。

「年が明けてからは特に厳しく取り締まっておりますゆえに、不審物が香華宮の中に入り込む余地はこの内東門からはありません」

「でも……毒なんて外から持ち込むのはそれほど難しくはないと思うけど？　砒霜（ヒ素）なんかは、量は少なくていいいんだから」

子陣が帳簿を置いた。

「もし茶に混ぜられたのが砒霜であったら銀に反応しただろう。だが、太医が調べたところそんなことはなかった。しかし、たしかにその通りだ。附子なども衣の中に入れてしまえば簡単にごまかせる」

「ではこの数ヶ月に香華宮に出入りした人を調べた方がいいね」

「簡単に言うな。どれだけの人間がこの香華宮に出入りしていると思っているのだ」

それでも凜と子陣は年末から街に出た人間を夜遅くまで内東門司でリストアップしていった。二人は疲れ目のまま、御薬院と翰林医官局にも行き、あやしい薬がなくなっていないかを調べる。

見上げればすでに月は西に傾きつつあった。

「薬の管理は徹底的にやっております」

どこの役所でも自信を持って責任者たちは答えた。

凜は明け方の暗い道を歩きながら、子陣に言った。

「本当に皇上は毒にやられたの？　なにか持病があったとか、酷い食あたりだった可能性は？」

そう考えるのが自然ではないだろうか――。

香華宮は警備が厳しい。

たしかに、悪意を持った人間が何らかの薬物を衣の中に忍ばせることは可能だろう。しかし、決まりの上ではどの門でも香華宮に入るときは身分証を見せなければならない。警備の緩い東華門ですら、出るのは容易いが入る時は記録をとっている。足はつきやすい。

「調べたところ、華詩は、入宮以来香華宮から一歩も外に出てないし……」

――悠人が配達していた？　いいえ、あんな適当な人に大事なことなんて任せられないはず。捕まったら慌ててぺらぺら話しそうだし。

「ああ、もう！」

凜は頭を掻きむしる。しかし、子陣に小言を言われる前に、すぐにその手を止めた。

目の前に、灯りが近づいたかと思うと官吏の男が頭を下げたからだ。

「郡王殿下」

見れば副承旨の斉動である。凜は慌てて拝礼した。

「こんな遅くまで政務に当たっているのか。大変だな」

あたりさわりのない労いの言葉を子陣は言った。

「大変だなどと滅相もない。こういう時こそ、皇上にご恩をお返しするため、政務に励みたいと存じます」

「うむ。皇上はそなたのような臣下を持って幸せだろう」

「では」

凜は二人の口先だけのやりとりを少し遠く感じた。

政治は難しい。

永右相が年末に皇帝暗殺に失敗し刑死して以来、香華宮はバランスを崩している。永氏の側についた多くの者が処罰され、正月に新たな人事が決まったばかりだ。だが、まだ右相の座は空白。

誰が次の右相になるのか――皆、虎視眈々と機会を狙っていた。それに、皇上には皇子がおらず、次の皇帝の座は未定である――。

――お義兄さまやお義父さまは狙っていない様子だけど……。

あからさまに皇位を狙う皇族が多いなか、子陣は静かに時勢を見ている様子だった。

あれこれと考えをめぐらせながら顔を上げると、斉動の提灯の向こうに福寧殿が見えた。まだ太医たちが格闘しているのだろう。東側の部屋には灯りが点っている。

――皇上がご無事でありますように。

なにも福寧殿から病状が伝わってこない今、祈ることしか凜にはできなかった。子陣も同じなのだろう。神妙な顔で福寧殿を見つめている。

「お義兄さま、明日は高善児の部屋を見て、同室の宮人たちに話をきいてみましょ」

善児のためにできることはしたいと空元気を出す凜に、子陣は疲れた笑みで答える。

小琴楼の前に戻ると、呱呱を抱いた公主が二階の高欄から手を振っているのが見えた。

「公主！」

「お帰り、凜！」

公主を見ると元気がでる。本当は一番、彼女が辛いはずなのに、元気なふりが得意だ。

「どんどん食べて」

しかも、女官たちに命じて食事も用意してくれていた。鶏の羹、羊肉の炒め物、蟹の蒸し煮になぜか、天津飯。

「天津飯ですか……」

「ええ。凜が悠馬易々津の悠人と旧知の仲だったとは知らなかったわ。小琴楼に連れて来てあげたわよ」

――いらないことをする……。

悠人が『どうも』と頭を下げながら部屋に入ってきた。

子陣の顔が歪む。

「凜――」

「お義兄さま」

凜は子陣の手を握った。

「この人はここに置くわけにいかないの。どこか別の場所を用意してあげてくれない？」

子陣の宿直所に寝泊まりさせてはくれないかと暗に匂わせたものの、封建主義の郡王さまにはそんなニュアンスは通じない。

「鶏小屋を直しているのだろう？　そこに住まわせればいいのでは？」

ナチュラルにそういう発想が出てくるのがすごいと凜は妙に感心して子陣をまじまじと見た。悠人は「絶対に嫌だ」という視線を凜に送るが、義兄が決めたことを覆すのは難しい。おまけに小琴楼には宮人女官も多いので、悠人を泊まらせれば問題になるのは目に見えている。

「もう寒い時期でもないし、そ、それがいいね。小葉、布団を用意してあげて」

その言葉を聞いた子陣が羹を匙ですくいながら公主に言う。

「凜は優しいと思わないか。こんな奴に布団を用意してやるなんて。なんと言うんだったか……ほら国、身分、信仰などの違いを超えて、広く愛し合うべきであるとするという……凜の言葉だ」

公主が箸を持った手を振り回して答えた。

「博愛の精神よ、お従兄さま！」

「そうそれだ」

子陣はにこりと凜を見る。

「ほら、俺も博愛を示さなければ」

子陣が、そう言って悠人の胸に放り投げたのは銀錠が詰まった絹の巾着だった。

凜は、ごくりと唾を飲み込んだ。金を投げるなど、いつもの子陣ではない。彼はどんな相手にも横柄に振る舞うことはない。

――お義兄さまは、どうしたんだろう……。

どうやら、子陣は悠人のことが本能的に気に入らないようだ。いや、だいぶ嫌っていると言っていい。だからこんな風に嫌がらせをするのだろう。身分や服装などからではない、なにかが――ここまで子陣を不機嫌にさせている……。

部屋に緊張が漂う。皆の目が凜と子陣を交互に行き来した。

悠人も突然のことに身動きを止めた。しかし――。

「これ、本当に頂いてもいいんですか！　ありがとうございます、ありがとうございます！」

一波乱あると思ったのに、悠人は巾着を頭の前に掲げて喜んだ。運悪く転生し、苦労したから、プライドを捨てざるを得なかったのかも知れない。

——いいえ、今の微妙な空気を瞬時に感じ取って滑稽な姿を晒すことによって自分の立場を守ったのかも知れない。

悠人を思いやる凜だったが、巾着を開いて銀錠を数え始めた様子から、どうやら前者だったようだ。彼には手持ちはないし、凜は悠人を自分のヒモにしたくないから、給金が出る日までは子陣の『厚意』で食いつないでくれたらいい……。

——本人も喜んでいるみたいだし……。

「ほら、みんなもっと食べて！　せっかくのご馳走よ！」

場に漂う微妙な雰囲気を打ち消すように、公主がドンと天津飯のどんぶりを凜の前に置いた。

6

翌朝、まだ霧がしっとりと漂う中、着替えをすませた凜は、小琴楼の前で子陣が仕度を調えるのを待っていた。

——まったくあのお坊ちゃんめ。遅すぎ。

子陣は、皇帝の甥に相応しい完璧な装いにするために宮人たちに皺一つなく着付けてもらうので、時間がかかる。腰から垂れる帯飾りを選ぶ時間もやたら長くて嫌になる。

今日は朝議がないからよかった。官服を着るとなれば、凜付きの宮人たちは神経質な義兄のせいで胃が縮む思いで仕事をしなければならなかったところだ。

「早いのですね」

ちょうど、福寧殿に出仕するところだろうか、徐玲樹が爽やかな笑顔で凜に声を掛けた。ボーッとしていた凜は慌ててしゃんとする。

「おはようございます、徐都承旨さま」

「都承旨など、他人行儀ですね」

彼は近づき、もの言いたげな視線で凜を見つめた。

「玲樹と呼んでください」

香華宮でこの人を名前で呼ぶのはいかがなものだろうか。女官たちの「憧れの君」をそんな風に呼ぶのは、いささか親しすぎやしないだろうか。それでも本人が「ほら言ってみてください」と言うので、凜は思わず赤面して呼んだ。

「玲樹さま。これでいいですか」

彼はにっこりとする。

――女官たちが騒ぎ立てるのは分かる。イケメンすぎる。

まぶしい笑顔がすうっともう一歩、凜に近づいてくる。圧倒されて後ろに下がった凜の背が壁に突き当たった。徐玲樹は長身の体を曲げて凜の視線と合わせる。

「郡王殿下とご一緒に、皇上の病について調べているそうですね」

「え、ええ……」

「勅命もないのに、目立つ行動は控えるべきではありませんか」

どきりと凜の心臓が鳴った。彼の言葉のせいでも、彼の唇が接吻されそうなくらいに近くにあったからでもない。その声が夏の太陽も凍らせるほど冷たかったからだ。

凜は顔をうつむけた。

「少し……離れてください……」

徐玲樹の指先が凜の顎に触れようとした、その時――。

「玲樹！」

朝霧がさっと晴れるような声がした。子陣だ。彼は大股でこちらにやって来て、徐玲樹を右手で突き飛ばした。

「凜に触れるな！」

「なんと、殿下は過保護でいらっしゃる」

「いいか、こいつにかまうなよ」

子陣はそれだけ言うと凜の腕を摑み、来た時と同じように大股でその場を去った。摑まれた手が痛いし、急ぎ足のせいで裾が絡まって歩きづらい。徐玲樹の姿が見えなくなると、凜はさっと子陣の手を振り払った。

「痛いじゃない！」

「……気をつけろ。あいつと関わるとろくなことがない。それなのに、あんな風に気を許して赤面しているなど、言語道断だ」

「………」

「昨日のヘンテコな男といい、凜は警戒心がなさ過ぎる。まったく、見張っているこっちの気にもなれ！」

凜はカチンと来た。

「別に見張っていて欲しいなんて頼んでない！」

「頼まれなくともするのは当然だ！」

凜は唇を尖らせた。しかし、本当は二十八歳の長峰凜である彼女には、この世界では家族の助けがなければ生きて行くのが難しいことも、危険なこともよく分かっていた。

現に、成王と子陣は凜の後見人として何かと世話を焼いてくれている。こんな風に子供じみた言動はよくない。

反省した凜は、思わずしゅんとする。

「……ごめんなさい……お義兄さま」

子陣も声を荒らげたことを反省しているのか、優しい声音になった。

「妹妹、俺の言いたいことがわかればいいんだ」

「うん……ごめんなさい」

子陣は凜の頭を撫でる。

――それにしてもお義兄さまはどうしてこれほど玲樹さまを警戒するのだろう？

二人が知り合いなのは想像できる。名を呼んでいたし、成王のことも徐玲樹はよく知っている様子だ。

「行こう」

「ねぇ、あの――」

しかし、子陣は凜が問う前に歩き出してしまった。慌ててその背を追う。なんとなく子細を聞きづらい雰囲気があった。

後宮へ入る禁門を抜け、豪奢な妃嬪たちの居所が並ぶ北東のエリアへ行くと、高い壁に日を遮られた粗末な建物群が見えてきた。下級の宮人たちが暮らす場所だ。

手入れが行き届いていない建物の漆ははげ、屋根はわずかに歪んでいる。日が昇る前の五更から仕事を始める彼女たちは、想像もしない郡王の登場に何ごとかと慌てて立ち上がった。

「郡王殿下にご挨拶申し上げます」

決まり文句を一斉に言って、片腰に手を当てて拝礼をする。

子陣は責任者らしき女官を一人残し、あとの者たちには「下がれ」と手を振った。女官は突然の高貴な人の登場に困惑顔だ。

「高善児の部屋を見せて欲しい」

「は、善児の部屋でございますか……」

彼女が戸惑った理由はすぐにわかった。すでに善児の部屋は片付けられていたのだ。ある日突然いなくなったので、てっきり配置換えが行われたとばかり思っていたと女官は説明する。

「荷物はないの？」

凜が訊ねると、「むさ苦しいところですが」と前置きしてから、暗くかび臭い十二人部屋を見せてくれた。

小上がりに布団を敷いて寝るタイプの部屋らしく、その隅に善児のものらしき包みが一つあった。開いてみると筆記用具、着替え、空の巾着。銭が少し入っていた。親からの贈り物だと言っていつも身につけていた革製の首飾りもそこにある。

「善児という宮人はどんな娘だったのだ？」

子陣の問いに凜は考える。

「とてもよく気づく子だった。料理が好きで、わたしに新しい料理について聞いてきたし、本を読むのも好きだった。明るく、元気ないい子だったよ」

子陣は善児の私物を一つ一つ確認する。

「本が好きなわりに本がないではないか」

凜はいいとこのお坊ちゃんを鼻で笑う。

「本がどれほど高価なものか知らないのね。宮人が気軽に買えるものではないのよ」

「ではどうしていたのだ」

女官が恐縮しながら口を挟んだ。

「破れたり、傷んだりした書物は、妃嬪さまたちがお使いになる書庫などから私どもに下げ渡されますので、ひとまとめにし、女官や宮人たちが読めるよう、別の書庫に納めております」

「なるほど。ではそれを見に行くか」

子陣が凜の手を取り、高善児の居所からそれほど遠くない、宮人女官用だという書庫へと向かう。

恭順閣（きょうじゅんかく）。

二階建ての建物の扁額（へんがく）にはそう書かれていた。

書庫として建てられたというよりは、別の役所だったのが、使わなくなったのでその一室に本棚を並べただけのようだ。装飾はなく、質素で古い建物だった。

「入ってみよう」

朝日はとうに昇ったというのに、建物の中は真っ暗で、中にいたのは内監が一人。

「これは、郡王殿下！」

司書ではなく書庫の掃除番のようだ。子陣はぶっきらぼうに手を差し出した。

「尚食局の宮人、高善児が借りた本を調べたい。貸し出し表を見せろ」

「は、はいっ。ただいま！」

緊張で動きがぎこちない内監だったが、なんとか叱られる前に冊子を子陣に渡す。二冊目は凜に手渡した。

子陣は待たされたのが不服だったのか、ため息をついて受け取ったが、凜は「ありがとう」と礼を言い、子陣の後を追って二階へと急ぐ。

二階には、破けたり、日焼けしたりしたぼろぼろの本が本棚に並べられていた。

子陣は冊子を見ながら、高善児が借りた本を棚から次々と抜き取ると、中央に置かれた机の上に置く。

「ほとんどが詩の本だ。あまり手がかりにはならなそうだな」

「それにしても、たくさん借りているのね」

高善児はどうやらかなりの読書家らしい。ここ三ヶ月で五十冊借りている。宮人に留まるのではなく、女官を目指していたのだろうか。

「──特になにもめぼしい情報はなかったな」

高善児が借りた本だけでなく、蔵書を片っぱしから見て回ったが、手がかりになりそうなものは皆無だ。子陣は椅子に座り、長い脚を組んだ。

──なにか見落としているかもしれない……善児、お願い。手がかりを残していて……。

凜は改めて、本を一冊一冊開いてみたが、やはり何もなかった。書き込みもなければ、印もない。綺麗なままの本だ。凜は本と照らし合わせながら貸し出し表をもう一枚めくり、はっと手を止めた。

「お義兄さま、見て！」

「うん？」

「華詩が本を借りている！」

子陣は立ち上がり、窓から差し込む陽の下で貸し出し表を見る。

「二冊ある。どちらも植物の本だ……」

――あやしい！

子陣と凜は大急ぎで並んでいる本棚を見て回る。先に目当ての本を見つけたのは子陣だった。彼は震える声で「あった……」と呟いた。

凜は彼の横から本を覗き込んだ。

手に取ると、いくつか折り目があった。華詩が折ったのだろうか。

本をあまり読まない人はたまに借りた本を無意識に傷つけることがある。

「水仙　通名雅客　花ニ単弁アリ、千弁アリ。単弁ノ者ヲ金盞銀台ト云」

「他には他には？　もう一冊にはなんて書いてある？」

肝心なことがわからなくて凜は子陣を急かした。彼はもう一冊を開いた。同じく水仙に関する箇所だ。子陣は震える声で読み上げた。

「水仙　其ノ根ニ毒有リト謂ウ」

凜と子陣は顔を見合わせた。凜はもう一度、確認するために子陣から書をひったくって何度も読み直すが、たしかに水仙に毒があると書かれているではないか。

「皇上の症状は水仙によるものかもしれない。華詩が一番怪しいな……それにしても……やはり毒か……」

子陣の衝撃は量りかねる。皇帝は彼に目を掛けてくれていたし、子陣自身も慕っている。毒を盛られていたなど、半分わかっていたことなのに、こうして明らかになるとやはりショックだろう。

「お義兄さま！　医官局に行って解毒について調べないと！」

「あ、ああ」

今度は凜が子陣の腕を摑んで階段を駆け下りた。

7

翰林医官局に行くと、見習いが何人か残っているだけで医者は一人もいなかった。皇帝の看病や薬の調達のために出払っているのだという。

二人は、医学書が収められている書庫の鍵をもらい、薬の匂いが漂う医官局の役所を出て書庫へと向かった。

「見習いの人に手伝ってもらおうよ」

「いや、ダメだ。俺たちで探そう」

自分たちで調べるより医者に聞いた方が早いが、それはできない。まだこの件は他に漏れてはならないからだ。

凜は一歩、敷居を跨いで部屋の中に入った。先ほどの女官たちの書庫と違って明るく整然と棚が並んでおり、墨と新しい紙の匂いがする。

「なにを探せばいいの？」

「毒草に効く薬が書いてある本だ」

そんなにざっくり言われてもよくわからなかったので、手当たり次第、本を開いて目次を読むことにした。漢字は毎日勉強しているおかげで、難しいものもずいぶん読めるようになっているから自信があったのに、医学書となるとまったく役に立たない。

十冊目にして凜は、「ほんとにもう！」と本を投げたくなった。しかし子陣は何か見つけたようだ。閲覧用の椅子に座り、一冊の本に集中している。

「なにか見つかった!?」

「植物書だ」

「また植物書？」

「ここだ。解毒について書かれている。食中毒の治療ってとこだ」

「どれどれ？」

凜は子陣の肩に手を置き後ろから本を覗き込む。彼が凜のために読んでくれた。

「『飲食して毒に中(あた)り、煩満する、これを治す方。苦参(くじん)三両、苦酒一升半　煮て三沸し、三たび上せ三たび下し、これを服せしむ。食を吐し出(い)ずれば、すなわち差(い)ゆ。或いは水を以て煮るもまた得』だと」

「よくわかんないけど、薬を飲んで吐かせろってこと？」

「ああ、そういうことだろう……」

――毒を吐かせるってことは、現代医学的にも正解だと思う。でも飲んだのはもうずいぶん前。今更、吐かせても意味あるのかな……。

凜の懸念は子陣と同じだったようだ。医者に相談しないことにはどうしようもない。今は福寧殿に缶詰のようだが、太医とて休むことはあるだろう。その時を狙って捕まえ、病状を問い質せばいい。

「とにかく、福寧殿に行こう」

「そうね！　そうしましょう！」

本を棚に戻し、二人が書庫から出たところだった。

羽林軍の兵士を連れた斉動が現れ、丁寧に子陣に頭を下げた。

凜に対してはなにもない。こういう態度の時は悪い知らせだということを彼女はよく知っている。

「郡王殿下に皇上からのお言葉を伝えに参りました」

「皇上から？」

「『今回の件は朕が胃腸を弱らせたことが原因であるから、調査などするに及ばず。また騒ぐべからず』とのことでございます」

子陣がかっと目を見開いた。

「何ごともあやしいと思ったら捜査する権限を皇城司は有している」

「太医も毒ではなく胃腸の問題だと申しております」

「…………」

斉勳は神妙な顔で拝手したまま頭を下げたが、身長が低い凜はその口の端が上がっているのを見逃さなかった。「ざまぁみろ」という顔だ。

子陣にはそれが見えなかったはずなのに、斉勳とそれ以上会話をすることなく、怒った様子でずんずんと南の方角へと向かう。

「ど、どこに行くの⁉」

「もちろん、福寧殿だ。皇上に拝謁を賜る！」

「それはつまり——病室に押し入るってこと⁉」

子陣は答えない。つまりそうなのだ。そんなことをすれば処罰されてしまう。水仙の毒ではないかというのも未だ確定にはいたっていないというのに——。

凜は止めるべく、子陣を追いかけた。

「ちょ、ちょ、ちょっと待って！　待ってよ！　お義兄さま！」

しかし、子陣の足は福寧殿の長い階段の前で突然止まった。凜は思わず彼の背に衝突して尻餅をつく。子陣はそれを助けるでもなく呆然と立ち尽くしていた。

「ちょっと、お義兄さま。手くらい貸してくれてもいいじゃない！」

凜は文句を言いながら一人立ち上がったが、すぐに子陣がこちらを見ない理由がわかった。福寧殿の戸の前で皇帝の病気に不審を抱いている重臣や皇族たちが騒ぎ立てていたからだ。

「そこを開けろ！　皇上に会わせよ！」

拝謁を求める者。

「皇上！　なんの不手際もないのに、左遷とはどうしてでございますか！」

配置換えに不満を漏らす者。

「鄭上将は出て来い！　私が相手だ！」

警備担当に挑む者。

「皇上、聞こえますか！　私こそ皇嗣にふさわしいと存じます！　皇上！　私こそが！」

自らを次の皇帝にとアピールする者。様々だ。

不謹慎にも皇帝は崩御しているのではないかと白い麻の喪服で集まり、天に向かって
「陛下、陛下！　どうして逝ってしまわれたのですか！」と号泣している集団すらいる。

「あ……ああ」

子陣があまりの無秩序にうな垂れた。知り合いで官吏の中でも長老である呉礼部尚書さえ、皇帝から拝領した藜の杖を振り回し、羽林軍の兵士と格闘していた。

「どうする？　お義兄さま」

「どうもしない。この連中と一緒に福寧殿に突入したいとは思わない」

子陣は福寧殿の前庭で額に手を当てる。

皇城司として皇帝の病気について捜査するのは当然なのに、その捜査権を「皇上から

のお言葉」という形で取り上げられてしまうことに納得がいかないだけでなく、ここまで調べてあと少しで重要なことがわかりそうなときに諦めなければならないのが我慢ならないのだろう。

——お義兄さまの気持ちはよくわかる。こんなの……諦めきれないよ。

凛は子陣の背に手を置いた。

「もう少し時間を空けて様子を見に来ましょうよ」

「そうだな……この分では主治医も代えられているだろう……」

去りかけた時だった。

キィィと戸が開いて中から幞頭を被った徐玲樹が出て来た。彼は深々と皇族方と重臣たちに頭を下げ、穏やかな声で言う。

「皇上がお休みでございますので、どうぞお静かに」

こんな時なのに、潜めた声は温和で、凛は意表を突かれた。

今まで騒いでいた重臣たちは咳払いをして静かになったが、皇族たちは禍々しいものを見る目で徐玲樹を見た。なぜか皇族たちは彼を嫌っている様子だ。

成王の異母弟の楚王が皇族を代表して徐玲樹に詰め寄った。

「すぐに皇上に取り次げ。さもなければ、そなたなど辺境に送ってやるぞ」

「殿下。誰にも会わないというのは皇上の思し召しで、私の決めたことではありません。太医に聞いていただけばわかることです」

徐玲樹は慇懃に頭を下げる。

「その太医をそなたが代えたというではないか。あやしい。なにを企んでおるのか！」

「なにも。楚王殿下こそ、皇上のご病気に乗じてなにを騒いでいらっしゃるのですか。ご自分が皇位を継ごうなどと考えておられるのではありませんか」

「な！　なんだと！　無礼ではないか！」

徐玲樹は澄ました顔をする。

「皇上は第一皇子と会いたいと何度も口になさっております。まだ香華宮に戻すようにご命令は出ていませんが――時間の問題でしょう」

「お、お前！　わしが知らぬとでも思っているのか、斉勳と謀り兵糧の横領をしているということを！」

「まったく……なにを証拠にそのようなことをおっしゃるのでしょう」

がやがやとした群衆の不満は、徐玲樹を罵る声に変わった。

凜はその一つ一つの話に耳を傾けていたが、子陣はもうそれ以上聞かずに踵を返し、怒りを抑えた足取りでずんずんと先をいく。凜は慌てて追いかけた。

「いいの？　あのままで……」

「徐玲樹がなんとかするだろう」

「あの人が問題のような気もするけど……」

子陣はこんな風に香華宮がひっくり返ったことにショックを受けている様子だった。

皇帝の生死さえもわからないせいで、皇嗣争いが急に激しくなっている。

「あいつ――玲樹は皇上の隠し子なんだ」

突然、子陣がぽつりと漏らした。

「は？　え？　嘘！」

「嘘ではない。敵の錦国の女が産んだ子だ」

「敵？　どうして――」

「皇上がまだ皇位を継ぐ前に街で出会ったらしい。互いに身分を隠し、恋仲になったが――女は皇上の身分を知るとすぐに姿を消した。それが徐玲樹が四歳の時に再び現れ、錦国に帰ることにしたからと成王府に子供を置いていったのだ……」

「それで――」

凜は徐玲樹と会って話した時、成王に恩義を感じている風だったことを思い出す。それにしても、徐玲樹が皇上の隠し子とは、国の重大機密ではないか。

「しかし、皇上はちょうど皇太子になるかならないかの瀬戸際で、引き取ることは皇位争いの障害となるから玲樹を実子とは認めなかった。しかも母親は敵国の者とくれば尚更だ。なのに父上がお節介を焼いた。だからあいつは成王府に十歳までいたのだ」

思わぬことにあんぐりと口を開けたまま凜はものを言えなくなった。

「……つまり、皇上は皇位を継ぎたかったから、息子を捨てたってこと？　信じられない！」

「当然だろう。皇上は多くの期待を背負っておられた。大局を見て判断されたのだ」

凜は子陣の腕を乱暴に摑んだ。

「実の子にその仕打ちは酷すぎる。なにが大局よ。馬鹿じゃないの⁉」

なんて無責任で利己的な奴――と凜は口にしかけたがぐっと飲み込んだ。言葉にしたら不敬罪で打ち首だ。

「博愛主義とやらはいい加減にしろ」

子陣は凜の意見に同意しなかった。皇帝が皇帝たらんとするために私人である自分を捨てる――それこそが君主の美徳であり鑑だと思っているからだ。

――なんでわかってくれないの。子供と権力だったら子供の方が数倍大切なのに！

凜はやるせない気持ちになった。

子陣のような身近な人すら凜を理解してくれないことは、この世界に来てから数えきれないほどたくさんあった。

現代人と異世界人の違いなのだから仕方がないと言えばそれまでだが、凜は自分の価値観を否定される度に驚き、腹を立て、悲しくなり、最終的に無性に孤独になった。

それでも彼女は子陣の過ちを正そうと思った。

一度大きく息を吸い、一気に言葉を吐き出そうとした時――。

「郡王殿下」

紫色の官服を着た男性が子陣に拝手する。

「これは、呉大理寺卿」

子陣の声に応え、顔を上げた男は黒髭を生やした厳格そうな人物だった。大理寺といえば、この世界の裁判所。大理寺卿ということは、そのトップだろう。

「凜、覚えているだろう？　呉礼部尚書のご子息だ」

「あ、ああ！」

たしかに似ていると凜は思う。頭の良さそうな瞳、上品なたたずまい、頑固そうなところ、すべてよく父親の呉礼部尚書に似ていた。彼は凜にも拝手してから、福寧殿の方を見る。

「殿下、今日は大変な騒ぎですね」

「ああ。困ったものです」

「なにかお力になれることがありましたら、いつでもご相談ください」

「それは助かります」

会話はそれだけだった。

8

「お義兄さまは、本当はどう思っているの？」

「なにを？」

「皇位のことよ。噂ではお義兄さまが皇位を継ぐんじゃないかって言っている人がいる」

「めったなことを言うな、凜」

後苑へと続く道で子陣は凜をにらみ付けた。が、すぐにそれは深い苦悩の表情に変わる。

「俺は……皇上が本当に徐玲樹を信用し、重用したいと思っていらっしゃるなら、その意向に添いたいと思っている」

「え？　意向に添うって――まさか皇嗣になるのを支持するってこと⁉　わたし、お義兄さまは玲樹さまのことを嫌いだと思っていた」

「個人の感情など問題ではない。皇上がお望みになるのなら、従うのが臣下だ。それに徐玲樹はそれほど無能な男ではない」

「でも……皇上は徐玲樹さまを息子と認める？」

「さあ……だが、誰がなるのにしろ、皇上に近い者が皇嗣の座に就くべきだ」

皇弟たる成王が皇嗣となることが嫌で逃げ回っているので、代わりに子陣を推す人は多い。当人もそれを知っている。しかし、慎み深い義兄(あに)は、権力争いのために、皇帝親子の絆(きずな)を絶たせたいとは思っていないようだ。

――よかった……ほっとする。お義兄さまがちゃんとした人で……権力争いで人の幸せを台無しにしようとする人でなくて……。

権力闘争から子陣が身を引いていると知って凜は安堵(あんど)した。

「皇上は第一皇子ともあんな風に別れ別れになってしまったんだし……お義兄さまの言うとおり、玲樹さまを息子と認めるべきよ」

「ただ……徐玲樹は敵国人の母を持つだけでなく、よくない噂だらけだ。のし上がるために斉勳と組んで横領だの収賄だの、果ては専売の塩の売買までやっているという話だ。君主としてふさわしいかはわからない」

　凜は徐玲樹の冷たい声を思い出した。

「よくよく様子を見ないとね。徐玲樹さまが皇嗣にふさわしい人物か……」

「とにかく、皇上が病に倒れ、問題が浮き彫りになったのはたしかだ。徐玲樹が言うようにただの胃腸炎の問題だとしても、皇上は高齢で皇太子がいない。きっとこの先、同じことが起これればさらに大きな問題となる」

　子陣はそう言ってから、なにかに気づいて目を鋭くした。

「徐玲樹だ」

　思わず、二人は木の陰に隠れる。なにやらもめているようだ。女の声がする。

「都承旨さま……どうか、どうか私をお捨てにならないで……なんでもいたします」

　女官が徐玲樹にすがりついていた。

「放せ。これ以上、話すことなどない！　穢らわしい手をどけよ」

　徐玲樹は乱暴に袖を払って女官と距離を置く。

「都承旨さま……お願いです……」

女官は地面に飛ばされて顔を伏して泣き崩れた。

——誰だろう。

凜の顔見知りの女官ではなかった。

——玲樹さまって、こういう人だったのね……。

いい人そうだと思っていた徐玲樹の印象ががらりと変わっていくのを感じた。白い目で見すぎたのだろうか。視線を感じたらしい。徐玲樹がこちらを向いた。子陣の姿をとらえ、むっとした顔をする。

「そんなところに鼠のように隠れている必要はありませんよ、郡王殿下」

苛立ちを隠さない嫌みっぽい声だった。

「女官に人気で有名な都承旨さまが、恥ずかしげもなく取り込み中のようだったから、身の置き所がなかったのだ。悪く思うな」

子陣も負けてはいない。

「下がれ」

徐玲樹が追い払うように袖を振ったので、泣いていた女官は顔を見られまいとうつむき気味に走り去った。その足音が遠ざかるのを待って、子陣は張りのある声で言う。

「徐玲樹。皇上に拝謁を賜りたい」

彼に媚びるでもなく、遠回しに言うでもなく子陣は単刀直入に申し入れた。

すがすがしく、はっきりした声だった。

「皇上はお加減が悪く、今は誰にも会いたくないと仰せです。郡王殿下とてその例外ではありません」

「徐玲樹、傍若無人に振る舞うのも大概にしろ。これ以上、香華宮を混乱に陥らせるな」

徐玲樹が面倒くさそうに鼻で笑う。やわらかで優雅な彼の今までの印象とははるかに違う。これが本性なのだろうか。

「殿下こそ、こそこそといらぬところに首を突っ込むと、始終、背中が心配になる事態になりますよ」

完全な脅しだ。凛はひやりとした。しかし、子陣は恐れる様子もない。

「俺の背中はここにある。いつでも来ればいい！」

「せいぜい、お気をつけて、殿下」

「ふん」

子陣は腹を立てた様子だが、それ以上、徐玲樹と言い争いたくないようで、さっさと大股（おおまた）に歩き去ってしまった。

一人その場に残された凛は――苦笑を徐玲樹に向けるしかなかった。

彼は拝手する。

「凛司苑、お恥ずかしいところをご覧に入れました」

「い、いえ……」

彼は凛の知っている『徐玲樹』だった。二つの顔を使い分けるのは、疲れないのだろうか。

「玲樹さま、わたしにも……気を遣わなくてもいいですよ……あの、なんて言うか素のままで……」

今度は彼が苦笑する番だった。

「さあ、もうどちらが素か自分でもよくわからなくなっています」

まぁ、そうだろうなと凛も思った。

美麗で、優しく、気配りができ、女官たちに人気。あまりに完璧過ぎだ。逆に言えば、本性とも言える子陣とのやりとりの方が、ずっと人間味があるような気がした。

「後苑での仕事はいかがですか」

「あ、ええ……だんだん慣れてきました」

「それならいいのです」

凛は別れを告げて、徐玲樹という人物について考えてみた。どこか影があり、深い孤独を背負っているように感じる。冷酷な一面もあるのかもしれないが、それが彼の真の姿ではないような気がした。そういうところが女官たちがほうっておけないところなのかも知れない。

「凛」

ぼんやりと小琴楼の前まで歩いていくと、門の前に腕組みして子陣が待っていた。

「前にも言っただろう。あいつに関わるな」

凜は無言で赤い楼閣を見上げた。

9

ずるずると麺をすする音がする。

小葉、凜、悠人、公主、そして徳妃付きの馬内監だ。全員が悠人が作ったラーメンを後苑の築山にある園亭で食べている。外で食事するのにちょうどいい、風のないいい天気だ。園亭からは春の花が見下ろせ、若竹がそよぐ涼やかな音が聞こえる。

「どんどん食べてくれよ」

悠人が「発明した」回転テーブルに載っているのは、日本風の焼き餃子、エビマヨ、中華丼、冷やし中華。この世界には「なかった」ものばかりだ。カリスマBL小説家の安清公主は、テーブルを回して焼き餃子を取りながら突然言った。

「決めた。次の小説の主人公は徐玲樹にするわ」

足元の呱呱がガアガアと賛成の鳴き声を立てた。

それに対して、

「まさか斉勳さまとのカップリングではありませんよね!?」

公主に文句を真っ正面からいうのは小葉だ。くるりとテーブルを回して餃子を奪い取る。小葉は徐玲樹のファンの一人で、自分が、女官たちのアイドルを守らなければならないと思っているようだ。

「斉動のなにが悪いの？　謎めいて興味深い人物だわ。絶対人気が出る話になるって！」

　斉動といえば人相が悪く愛想もない男だ。凜の第一印象は最悪ではあるが、よく見れば美男子といえなくはない。凜のタイプではないというだけだ。小葉は続けた。

「そう、おっしゃいますが、今まで多くの女官や宮人が徐都承旨さまのお相手として噂で名前が挙がりましたけれど、誰一人として釣り合うことはありませんでした。それなのに、挨拶のひとつもしない、あの横柄な斉動さまとなんて物語の中でもやめて欲しいですわ！」

　BLをこよなく愛する公主はつまらなそうにした。

「まぁまぁ」と間に入ったのは、徳妃付きの馬内監だ。ときどき賭けをしている仲である。公主と一緒のテーブルにつくなど普通だと考えられないシチュエーションに緊張している彼は、おっかなびっくり気を遣いながら公主をなだめた。

「それより、皇上の茶器についての話でございましたか」

　そう、そのことで馬内監をわざわざ後宮から呼び出したのだ。

「あの日、皇上が倒れた日。どうして茶器は通常の兎毫盞から青磁に替えられたんですか」

　凜が訊ねると、全員が麵をすするのを止めた。

　馬内監が左右を確認してから声を潜める。

「それが……徐都承旨さまが新しい茶器が官窯(かんよう)より届いたから、試してみてはと皇上に申し上げたのです。とても美しい濃い翠(みどり)色でしたので、皇上も気に入られ、試しに使われることになりました」

「あやしすぎるわ」

公主が箸を口に突っ込んだまま言う。凜も同意だ。

そこに杏衣たち宮人が箒(ほうき)を持って悠人を捜しにやって来た。

「ちょっと！　またちゃんと後苑を見張っていなかったでしょ！　花泥棒が来たじゃない！」

「後苑がどんだけ大きいか知っているだろっ。ぜ、全部をオレが見張れるわけない！」

どうやらまた花盗人が現れたらしい。宮人たちに詰め寄られて悠人はしどろもどろだ。

凜は落ち着いて杏衣に訊ねる。

「それで？　どの花が盗まれたの？」

杏衣たちは慌てて凜と公主に「ご挨拶(あいさつ)いたします」と頭を下げた。

「水仙ですわ、凜司苑さま」

「水仙……」

凜は公主を見た。彼女もこちらをじっと見つめる。

「凜、毒はやはりどこでもない、ここ、香華宮で調達されたんだわ。それも私たちの目と鼻の先で。悔しい」

凛は杏衣に問う。

「以前も花が盗まれたと言っていたわよね。もしかしてそれも水仙なの?」

「え、あ、はい。そうです。どれも水仙が根こそぎ持って行かれました」

「ああ……わたしってば、なんて馬鹿なんだろう! 答えはすぐそこにあったのに……今まで気づかなかったなんて……」

とは言ってももう子陣には捜査権がない。水仙が毒だったのか、皇帝は本当に胃腸の病なのかもわからない。徐玲樹があやしいのに弾劾する手段もない。

——どうしたら……。

「くそっ」

荒れた子陣が現れたのは、皆がラーメンを食べ終わり、エビマヨに手を伸ばそうとしていた時だった。やはり、捜査権限を取り戻せなかったようだ。腹を立てたまま、悠人が運んで来たラーメンを勢いよくすする。

「お前、まだいたのか」

ラーメンで機嫌を直してもらおうと思ったのに、悠人が視界に入ったのか子陣は、眉間に皺を寄せた。

「温室の建設を任されているんです」

「ふん。さっさと仕上げろ」

凛は慌てて悠人に座るように目配せする。子陣は悠人のことをまだ気に入らない。目の敵（かたき）にしている。悠人ももちろん、それを感じて、子陣のことをいけ好かないと思っている様子だ。

「そ、それで、悠人。温室作りはどうなの？」

「あ、まぁまぁ進んでるよ。これから夏だろう？　温めるより強い日差しを避けられる方がいいと思うんだ。鶏小屋に網戸をつけて風通しをよくして日よけに使うのはどうかな。窓を開閉できるようにして雨の日には雨風から鉢植えを守るようにもしたい。秋になったら本格的に温室建設をするよ」

子陣がぎろりと睨む。

「それまでまさか香華宮に居座るつもりじゃないだろうな」

子陣は機嫌が悪い。「人間は身分に関係なく自由平等」とナチュラルに思っている現代人の悠人とは絶対に相容れない。一触即発。でも、凜は二人にここで喧嘩されたらたまらない。

「まぁまぁ。それより、お義兄さま。やっぱり茶器を青磁に替えさせたのは玲樹さまだったの」

「ふん。驚きもしない」

「水仙が後苑から度々盗まれてもいる。おそらくここが毒の調達先よ」

「毒を香華宮の外から調達せずともよく、簡単に手に入る。水仙とはなんと都合のいい毒なんだ」

子陣はラーメンを汁まで完食した上で感想もなく行ってしまった。おそらく諦め悪く、捜査の続行を希望する書類を作るつもりだろう。代わりに大きな壺を持った内監が現れた。

「凜司苑にご挨拶いたします」

尚食局の小間使いをしている下級内監のようだ。持って来たのは椿油。

「高宮人から頼まれていたものを持って来ました」

「高宮人？　高善児から？」

「はい。行方がわからなくなる前に凜司苑に椿油を差し上げたいと言って頼まれていたのです」

「そうだったの……そういえば、私、ちょっと前に石けんを作るために油がいるってあの子に話した気がする。少ない給金の中から買ってくれたのかな……」

凜の胸がじんとする。高善児はそういう子だった。純粋で誰かを喜ばすためになにかをするのが好きだった。

「石けんってなに？」

好奇心旺盛の公主が言う。

「汚れを落とす不思議な石です」

「なんだかよくわからない……」

高善児がわざわざ用意してくれた油だ。こうなったら石けんをつくるしかない。こんな風に全てに行き詰まってピリピリしている時こそ、なにか別のことをして、一旦、頭からそれを追い出すのがベストだ。仲間たちの雰囲気も変えられる。

「みんな、手を貸してくれる？」

「もちろんです、凜司苑」

杏衣が言う。悠人が驚いた顔をした。

「なんで石けんの作り方なんて知っているんだよ」

凜は彼をじろりとにらみ付ける。

「オーガニック趣味の『親友』がいて、作るのを手伝ったことがあるのよ」

悠人と浮気した「元親友」咲良は本人曰く「敏感肌」で「一切の化学物質を受け付けない体質」だった。本当のところはどうか知らないが、石けん作り教室に付き合わされたのは事実だ。

石けんは灰汁、油、水で作ることができる。

ラッキーなことに灰汁を作るのに必要な落ち葉はすべて肥料の堆積場にいっぱいある。

「まず、落ち葉を燃やして灰を作るの。桶の底に穴を開け、その下に少し大きめの桶を置く」

灰を作るのは杏衣が受け持ち、内監二人が桶の底に穴を開ける。小葉が樽を一つ持ってきてくれた。小石や枯れ草、灰を桶の中に入れて、樽の上に置く。その間に湧き水を沸騰させ、灰の上からかける。落ちてきたのが灰汁で、それを火にかけ熱した油と混ぜる。型に入れて好きなサイズにしてできあがり――。

「と――簡単にいかないね……」

分量をはっきりとは覚えていなかったため、勘に頼って作ってみたが当然うまくいかない。何回か失敗し、油がつきかけた時、ようやくできた。一人一人、手伝ってくれた人たちに石けんを分ける。

「これで洗えば汚れが取れるんです。土なんかに触れた時はこの石けんを付けて洗ってね。ばい菌が落ちるから」

「ばい菌？」

凜は首をすくめて曖昧にごまかすと、悠人にも一つ渡す。

「これでニキビを治してね」

「ありがとう……石けん一つがどれほど嬉しいかわからない。凜、お前天才だったんだな」

「これは咲良が――」

「咲良が――じゃなくて凜が、すごいんだ。見直した。失敗しても諦めないし、この世界で生きて行くバイタリティは本当に尊敬する」

付き合っていたころ、悠人とは仲良しだったけれど、時々、何となくこの人は私のことを格下に見ているんだな、と感じることはあった。その事実はちくちくと小骨のように凜に刺さっていた。収入にしろ、大学のレベルにしろ、実家の豊かさにしろ。でも今、この異世界に来て、初めて彼は凜を凜として認めてくれた。

凜の胸がじんと熱くなる。

「悠人、これでちゃんと身体を洗ってね……」

「あ、そうだなぁ……この世界に来てから一度も風呂に入れてすらないから……」

「………」

ともかく、この人糞を扱う部署に石けんが現れたことは革命的だ。試しに石けんで手を洗うためみんなでワイワイ井戸に集まった。その心地よい感触と爪の間の汚れまで落ちる洗浄力にどよめきが上がった時、羽林軍の兵士たち、二十名ほどが草花を踏みつけながら後苑に姿を現した。

「南凜だな」

「あ、はい」

「賭博罪で捕らえる」

「は？　はい？」

既に賭博罪で左遷もされているのに、なぜ今更捕らえられなければならないのかと、凜が訊ねる前に、問答無用で縄が掛けられた。

皆が唖然としている中で、公主だけが「待ちなさい！」と止めてくれたけれど、「皇上の命です」と言われればさすがに下がるしかない。

羽林軍の鄭上将は凜を連行した。

──いったいどうなっているの⁉

「お義兄さまに！　皇城司の趙子陣に連絡して！」

凜が言えるのはそれだけだった──。

10

たくさんの人々が騒ぎを聞きつけ、何ごとかと集まってきた。こそこそとする女官たち、怯えるように道を空ける宮人。「何も見ない何も知らない」を貫こうとする内監─皆それぞれだったが、凜の捕縛を誰もが嵐の前兆のように恐れているようだった。

──これは見せしめだろう……。わざわざわたしに縄をかけて、香華宮の目立つ道を歩かせるなんて。

権力者に逆らえばどうなるか、宮人女官、内監だけでなく、官吏たちに見せつけているのだ。現に福寧殿で騒いでいた重臣たちが、凜の姿を見て押し黙った。

「あれは成王殿下の養女だ……」

「あんな方にまで手を……徐玲樹のヤツは本気だ」

「一旦、策を練り直そう」

そんな声が凜にまで聞こえて来た。

──たぶん……お義兄さまを牽制するためにわたしを捕らえたんだ。賭博罪なんて言っているけど、わたしが賭博をしているのを皇上はとっくの昔から知っていたもの。

連れて来られたのは浣衣局の牢だ。

先日事情を聞いた華詩が入っているまさにその房に凜は放り込まれ、代わりになんと華詩が釈放された。斜めにこちらを見下ろした彼女の得意げな表情はなんとも言いがたい。

──腹が立つ。必ず罪を暴いてやらないと！

戸が閉まり、格子越しに小さな窓から零れる日を見上げる。

屎とカビの臭いがあたりに充満し、すすり泣きらしき声も聞こえる。

房の隅には、若い宮人と女官の二人が抱き合うように肩を寄せ合っていた。

「あなたたちは──」

よく見れば、皇帝付きの福寧殿の女官と宮人だ。

丸顔の女官は李恵園。エリートが集まる福寧殿は気が強い女官が多いのだが、李女官はおっとりとしていて話しやすいので何度か食事をしたことがある。

宮人はたしか……江と言った。まだ十五、六の細身の娘だ。下の名前までは凜は知らなかった。

「なんで、こんなところに？」

凜が声を掛けると、怯える目で二人はこちらを見た。

「お、お皿を割ったのです」

江宮人が答えた。

「お皿を割ったくらいで浣衣局の牢に幽閉されるの？」

「そ、それは……」

なにか隠している様子だ。しかし、怯えきっていて自分から何かを言いそうにない。

凛はお茶の時間に食べようと先ほどテーブルから取っておいた包子(パオズ)を半分ずつにして二人に渡す。

「い、いいのですか」

「しばらく食べていないんでしょう？　どうぞ。わたしはちょうど食べ終わった時に捕まったから大丈夫」

ずいぶん長い間、ここに閉じ込められている様子だ。すっかり痩(や)せて見る影もない。

「ありがとうございます」

包子ごときに二人は何度も頭を下げて礼を言った。すると、前の房にいる内監が羨(うらや)ましげにこちらを見る。

顔見知りの福寧殿の范(はん)内監だ。

「受け取って」

凛はもう一つ袖から取り出すと、格子から互いに手を伸ばして渡した。

――こんな時にわたしの食いしん坊が役立ってよかった……。

三人は長い間食事をもらっていなかったようだ。江宮人は慌てて食べたので、むせている。李女官がその背を撫でながら凜に訊ねた。

「……それにしても凜掌簿はどうしてここに？」

「今は司苑なの……」

「司苑？　内東門司から飛ばされたのですか」

「知らなかった？　かなり香華宮では噂になったのに」

「申し訳ありません……ここにいたものですから……」

――なるほど、わたしが司苑に任じられるより前にここに来たってわけね。つまり、清明節の翌日より前。

凜はできるだけ明るい顔を作った。

「わたしは賭博罪よ」

「そんなものがあるのですか」

長く香華宮で働いている范内監が初めて聞くと言う。

「馬鹿みたいでしょ。最近はやってないし、きっとなにかの間違いよ」

悲観的な言葉を吐きたくなかった。浣衣局の奥から悲鳴と「やめて、助けて！」という拷問を受ける女の声がするからだ。ぶるりと凜は震える。

「あなたたちも拷問を受けているの？」

三人は首を振る。

「まだ順番が回って来ていません……」

「そう……」

「……でもそれほど遠くない未来ですわ……」

李女官は諦めた口調で言った。

恐怖は、奥の部屋の悲鳴が大きくなればなるほど膨らんだ。

――拷問なんて信じられない。人が人として生きる最低限の尊厳さえこの世界では認められていないなんて……あり得ない……。

理不尽な世界に対する怒りが、凛の心にこみ上げたが、すぐに恐怖がそれに入り混じった。凛はここから出る術を必死に考える。

「そうだ！　ねぇ、弁護士――弁護してくれる人っていない？　代わりに無実を証明してくれる人。わたしたちの権利を主張してくれる人」

李女官が力なく首を横に振った。

「だれも庇ってなどくれませんわ……関わりさえ持ちたくないと思っているはずです」

「でも……」

「わたくしたち女官、宮人、内監は石ころのようなものなのです、凛司苑。所詮、香華宮の奴婢に過ぎないのですから」

凛は黙った。たしかに貴族や皇族は女官、宮人、内監をただの使用人だと思って扱っている。朝から晩まで働かせ休みはない。食事は出るが、給金は少なく、些細なことで折檻は当たり前だった。

「石ころのことなど死のうが生きようが誰も気にも留めないものですわ。用がなくなれば、殺される。そんな話を聞くのは初めてではありません」

凜は震え始めた手を床に敷かれた藁の下に隠し、出来るだけ明るい声を作った。

「それにしても、なんでこんなところに？」

「…………」

江宮人が震える口を開こうとした。が、李女官が「言ってはだめ」と強くたしなめる。

しかし、范内監が「お話しします」と格子を握ってこちらに体を向けた。おそらく、早晩、牢から出られる凜から子陣に伝えてもらえば、皇城司の力で出獄の手はずを整えてもらえるかもしれないという考えなのだろう。なにもしないでいても拷問で死ぬか餓死するかだ。腹をくくった表情をしている。

「寒食の夜、桶を宮殿の外に捨ててくるように命じられました。なにが入っているかもわからないまま、言われた通り、東華門から香華宮の外に持ち出したのですが……」

「中身は見なかったの？」

「い、いえ……さすがに不審に思ったので……宮殿の外に出て人目がなくなった時に見ました……」

「え、不審物だったのに中身を香華宮で確認しないまま運んだの⁉」

規則に反している。びっくりして思わず責めるような口調になってしまい、李女官が慌てた。

「范内監が悪いのではないのですわ。わたくしが悪かったのです。聞かない方がいいと言ったのです」

「で、中身はなんだったんです？」

「それが――」

范内監はそこまで言って言い淀み、顔を左右に振ったかと思うと下を向く。それ以上は口に出したくないというジェスチャーだ。

李女官が顔を上げた。

「死体ですわ……」

「し、死体？」

凛は驚いた。

「尚食局の高宮人でした。よく福寧殿にも出入りしていました……灯りを照らすと……肥桶の中で横たわっていたんです……頭を斜めにして……目は開いたままで……」

「桶って肥桶だったの……そんな――あんまりじゃない……」

凛はショックのあまり何も言えなかった。そんな死に方は残酷すぎる。死への冒瀆ではないか。

「ご命令はそれを肥だめに捨ててくることでした……」

「……肥だめ……」

しかし、三人はそんな残酷なことはできなかった。中身が死体だと知り、せめて西湖の畔に埋めようとした。が、人間一人を埋めるほどの穴を掘るのはそう容易いことではない。しかも三人はなんの道具も持っていなかった。

「土を掘るのが大変だから、湖に沈めようと思ったのね」

「どうしてそれを？」

「死体は既に発見済みよ」

江宮人が重い唇を開いた。

「せめてもと思い、持っていた私の寝衣に着替えさせ、野の花を摘んで手向けたのです。そして高宮人の体に石をつけて沈めようとしました……」

「なるほど。でも結局浮いてしまって、見つかった……」

では、なぜ彼らはここにいるのだろう。この一件の口封じのためにここに入れられているのだろうか。それとも命令に従わなかった罰？　背後に何か大きな力を感じる。

「誰が命じたの」

李女官が言う。

「徐都承旨さまのご命令だと聞きました」

「『聞きました』？」

「わたくしたちは死体の入った肥桶を別の人から引き渡されただけなので、詳しいことはわからないのです……」

凜には徐玲樹の命令だったとはとても信じられなかった。いや、子陣との会話を思い出せば、玲樹が冷徹な人物だということはわかる。しかも皇帝の落胤。帝位を狙って事件を起こしたとしても驚きはしない。

「肥桶は誰から渡されたのですか」

「……華詩です。ご存じでしょう。先ほどまでこの房にいた翰林司の女官です……」

――あ、ああ……。

華詩はやはり、高善児の死に関わりを持っていたのだ。

髪飾りは高善児の死体から盗んだのに違いないだろう。

「あの、それで、どうやって香華宮の外に出たの？『死体を捨てに行ってきます』では外出許可はでないでしょう？」

范内監がため息交じりに言った。

「清明節には選ばれた宮人女官は紹興に墓参りに行くのでそれを口実にすれば外に出られました」

計画的な殺人か、それとも偶然、清明節と重なったのか――。凜は考える。

「なぜ、あなたたち三人が死体を捨てるのに選ばれたのかしら……」

「おそらく、わたくしのせいですわ……。わたくしは徐都承旨さまを密かにお慕いしておりました。と言っても恋愛感情というより応援という気持ちでした。華詩はそのことを知っていたのです。依頼された時は、大切な任務に徐都承旨さまがわたくしを指名してくださったのだと思い、喜んだのです。でも今考えれば華詩がきっと手を回していたのです」

　李女官はうな垂れた。

「やっぱり、華詩があやしいと思う？」

「はい。仕事柄、都承旨さまとは一言二言言葉を交わすこともあり、わたくしは浮かれていたんです。華詩はきっとそれが気に入らなかったのですわ」

　李女官は、徐玲樹を応援するようになって仕事を頑張るようになり、綺麗になりたいと努力もしたらしい。姿を見ただけで夢心地になり、癒やされ、同じ徐玲樹を好きな女官たちと意気投合して友達になれた。だから、徐玲樹の命令ならとあやしい任務を受けてしまったのだという。

　凜は壁に背をもたれた。

「いいえ、きっとそれだけじゃない。あなたたち三人は皇上から信頼を受けていて、普段、近くでお仕えしている。あなたたちを排除して、皇上の力を少しでも削ごうとしたのよ。そして死体を捨てさせたら殺すつもりだった……だけど高善児の遺体が見つかってしまったから、もしもの時に備えて生かしている……違う？」

　――黒幕は高善児の殺害の罪をこの人たちになすりつけるつもりだ……。

　凜はぶるりと身震いした。

　黒幕――おそらく徐玲樹一派は狡猾で残酷だ。凜もここから出られるかどうか、これではわからなくなってきた。子陣が犯人と取り引きするような人物でないのはよく知っている。

――わたしは一体、どうなるんだろ……しっかりするの、凜。しっかり……。

もしかしたら知りすぎた凜を牢の中で殺すつもりではないだろうか。敵は皇帝すら手にかける。凜を突然死に見せかけることくらい朝飯前だろう。

――怖い。

ここから出たいと凜は思った。だんだんと日が落ちて、牢の中が真っ暗になると余計孤独が広がる。三月の晩は冷える。初更を告げる鐘の音が響き、凜は両手で膝を抱えて自分の身を小さくした。

――怖い……。

思い返せば、この世界に来たばかりの時に拷問を受けそうになった。あの時の恐怖が今頃蘇り、がくがくと足が震えるのを止められない。

――わたしも善児と同じように肥桶に入れられて、肥だめに沈められるんじゃ……。

凜はこの世界の政治というものを甘く考えていたことを後悔する。

――人権がない世界で牢に入るなんて……。

なにをされても文句は言えない。ここでは罪人はもはや人ではないのだ。

日が落ちてあたりが真っ暗になったというのに、拷問されている女の声は止まらなかった。

両手で耳を押さえてみたけれど、聞こえてくる。しかし、聞こえていた時よりも、ふと訪れる静寂の方が怖かった。

――あの声の人はどうなったんだろう？

そんな質問をすることすら愚かだった。

――ちゃんとした法律があって、誰でも言いたいことが言えて、最低限の生活ができた現代は、実は天国だったんじゃ……。

人の命が虫けらほどなのは間違っている。それなのに、無力な凜はこの世界の倫理を変える術を知らず、ただ孤独に、横たわる理不尽と戦うしかなかった。

――帰りたい。

どこへ？

現代か、成王府か――。どちらとも凜にはわからなかった。ただ明らかなのは、この件に関わったことを後悔しているということだけだった。

第三章 父子の確執

1

——玲樹さまはなにを考えているんだろう……。

暗い牢の中で恐怖と闘いながら、凜は徐玲樹という人物について考えた。彼は表向き、いい人を演じている。子陣は警戒しているが、成王は徐玲樹の就職のために頭を下げたことがあるらしい。しかし、先ほどの話から考えると、凜をここに放り込んだのは明らかに徐玲樹の差し金だ。

「ぎゃぁああ、あぁぁああ、助けて……」

もう深夜だというのに、拷問は終わらない。

一緒にいた三人はつい先刻連れていかれ、凜は一人残された。彼らはきっと高善児の殺害を「自白」するように強要されているだろう。

一度「自白」したら最後、殺人は死罪だ。

「あぁぁああ！　助け、て……なにも、知らな、いんです……」

次は自分の番だろうかと思うと恐ろしくなる。

両手で体をしっかり抱きしめた。

──怖い……。

凛は顔を伏せた。

普段、泣くことなどほとんどない。この世界に来て孤独を感じることがあっても太陽をナポリタンに、月をホットケーキに見立ててなんとか気を逸らして我慢した。

元気いっぱいを装い、なんでもポジティブに行動して来たけれど、無理していなかったといえば嘘になる。新しい環境に慣れようと必死だったし、周囲に心配もかけたくなかった。だからこんな恐怖のどん底にあってさえ、涙をぐっとこらえてしまう。

「助けて……」

皆が揃って言う言葉を凛も呟いた。

揃えた足先は冷え切ってしまい、ひどく惨めな気持ちになる。

しかし、その足元に「トン」と音がしたかと思うと石に結びつけられた紙が頭上から落ちてきた。ダッシュで走っていく足音もする。不思議に思って後ろを見れば、格子窓があり、誰かがそこから放り込んだようだ。

凛はそっと紙を開いてみた。

「Dear Rin Don't worry. Tomrrow morning you can get out from plison. Do not tell anything.」

英語だ。

この世界に英語が存在するはずはないから、きっと悠人が書いたに違いない。

「心配するな。明日の朝、牢から出られる。何もしゃべるな」一部綴りも文法も変だがご愛敬。

凛は気持ちがぱっと明るくなった。たとえ、明日の朝までに拷問が始まっても一言も発しない自信さえ出てきた。

――きっとお義兄さまとお義父さまが動いてくれたんだ！

不仲の悠人と子陣が協力し合っているところを想像すると、くすりと微笑みさえ出る。どんな顔で二人は一緒に作戦を練っていたのだろう。

――もう少し。もう少し。頑張ろう……。

凛は窓の外を見た。

丸い月が、静かに凛を見下ろしていた。月影が斜めに房に差し込んでいるのを見ると、ここが先ほどまでのように真っ暗闇ではないことに気づいた。

凛には家族や仲間がいる。

――狭い房の中で、なにをわたしはひとりぼっちだと嘆いていたんだろう。

広いこの世界には凛のことを思ってくれている人が大勢いるのだ。

一睡もできないまま、凜は朝を迎えた。

ただ、時を告げる鐘の音をじっと待っていただけだ。だから日が昇り、五更の鐘が鳴った時、凜は心からほっとした。

「凜やぁ、凜やぁ」

成王が迎えに来てくれたのはそのすぐ後だ。

朝一番に来てくれたのが嬉しくて、凜は牢から出ると思わずその胸に飛び込んで抱きついた。涙が出てくる。成王は「凜やぁ」と一緒に泣きながら頭を撫でてくれた。

「お義父さま……お義父さま！」

「怪我はないか、お腹は空いてないか。わしは気が気でなくて――」

「大丈夫。どこも悪くありません」

「よかったぁ、よかったぁ」

また二人で抱きしめ合って、わんわんと泣く。成王のこういう人柄が凜は好きだ。

「ごほん、ごほん」

わざとらしい咳払いが聞こえ、見れば成王の後ろに子陣がいた。彼は少し不満そうだ。

「俺も一晩寝ずに凜の解放に一役買ったのに――」

凜はぷっと笑って子陣のことも抱きしめた。

「お義兄さまもありがとう……」

子陣は、彼らしくもなく赤面してまた咳払いをした。

「でもどうやって私を牢から出せたの？」

「父上が徐玲樹に掛け合ってくださったんだ」

凜は成王を見た。

「お義父さま……ありがとうございます。本当に……ご迷惑をおかけしました……」

人差し指で涙を拭き、凜が頭を下げると、成王は背中を撫でてくれた。

「怖かったであろう。こんなところにおらず、さあ、早く、成王府に帰ろう、凜や」

浣衣局から出ると成王は凜の手を取り、言った。

「凜。香華宮は魔窟なのじゃ。こんなところにいたら肝がいくつあっても足らぬ」

「…………」

凜もうんと頷きそうになった。こんな恐ろしい目にはもう遭いたくなかった。

「さぁ、帰ろう、凜」

しかし、凜は立ち尽くしたまま動けなかった。

——これでいいの？

高善児は死に、華詩は自由の身、徐玲樹は必ずこの一件に関わっているのに、まだ確実な証拠を見つけられていない。皇帝は今も臥せったままのはずだ。

「福寧殿に仕えていた者たちが同じ房だったんです。その三人が言うには高善児の死体を捨てたのは自分たちで、どうやら玲樹さまの命令だったようなのです」

成王は暗い顔になる。

そのまま、後苑の池の畔まで凜と子陣を黙って連れて行き、陶器でできた椅子の上に二人を座らせると、遠くを見た。その視線は厳しく、いつもの人情家で浪費家の道楽者という印象ではなかった。普段はあんな感じだが、腐っても皇弟。明晰な人なのだろう。

「玲樹が我が家に来たのは……あの子が四歳の時だった……」

「お義父さま？」

成王は突然、聞いたこともない暗い声で話し出した。昔に思いを馳せているのだろうか。無意識に帯飾りを親指で撫でている。

「あの子の母親が敵国の者なのは知っているか？　ある日突然、その母親が成王府に玲樹を連れて来て、自国には連れて帰れないから引き取って欲しいと頼んできたのだ。ずいぶんと苦労したと見え、物乞いのような姿だった。旅費を持たせて、玲樹は私が引き取った」

玲樹は、初めは口さえきかない子だったらしい。子陣の母親の力もあって笑顔が見えるようになったのは一年後。

「頭のよい子だった」

来たばかりの時は箸の持ち方も知らなかった。それが成王府にふさわしくなろうと必死に礼儀作法を学び、成王に褒められようと字を学んだ。成王もそんな徐玲樹を成王府へ正式に引き取ろうと考えた。

「しかし――幸せはそう長くは続かなかった」

徐玲樹が十歳の時、捨てたはずの我が子が成王府で密かに養育されていることを皇帝に知られてしまった。それに皇帝は激怒した。

「激怒？　どうしてですか。自分の息子なんだから、普通ならお礼を言いそうなものなのに」

「わしが悪いのだ……皇上に黙っていたから……」

子陣が拳を握った。

「父上が悪いのではありません。噂ではなく、父上の口から聞いても皇上はお怒りになったでしょう」

「どうして？」

凜には訳がわからなかった。

「皇位を狙っていると思われたのじゃ……」

徐玲樹を使って成王は次の皇帝の座を狙っている——そう誤解されたのだ。

当時、皇帝にはまだ第一皇子も生まれておらず、血の繋がった息子は徐玲樹ただ一人。危険だと皇帝は判断したのだろう。

「余計なことをしたと思われてもしかたない。でも自分の息子同様に可愛がって育てたのだ。出て行けなどと言えない。しかし——玲樹は出て行った。一人だけで……」

屋敷の噂話を聞いてしまったらしい。

邪魔になってはならないと自ら十歳の少年は姿を消した。

成王は必死に捜し、三ヶ月後に、寺に厄介になっているのを見つけたのだと言う。

「帰っておいでと言っても頑なに帰って来てはくれなんだ……」

代わりに成王は徐家という、貧しいが学問に通じている家に徐玲樹を預けることにした。

「その頃には皇位が安定し、皇上も玲樹に対して警戒を解いた。あの子も臣下という立場をわきまえているように見えた。地方官としても有能で、任地での飢餓や不正を次々に解決し、名声を得るようになったのじゃ」

養子となり、学問を授けられ、自力で科挙に合格したのは二十一歳の時。

やがて、有能な徐玲樹は皇帝によって杭州に呼び戻され、側近として働くようになった。皇帝の力はその頃既に盤石で、第一皇子も生まれていた。もう跡目争いの心配もないと思ったのだろう。それに、もしかすると、玲樹を側近として重用し、ひいては重臣とすることで償おうと考えていたのかもしれない。

「あの子は可哀想な子なのだ。母に捨てられ、父に見捨てられ、幼いながらに一人で生きなければならなかった。どれだけ孤独だったであろうか……わしの側に置いていたらと後悔ばかりだ……」

成王は顔を上げた。

「皆があの子を悪く言うが、わしだけは味方でいてやりたいと思っている」

凜はなにも言えなくなった。

「凛が左遷されたのも、きっと善意からにちがいない。いらぬことに凛を関わらせないように安全な場所に移したのだ」

しかし子陣は父を甘いと否定する。

「父上。徐玲樹が起こした問題で何度、父上が迷惑を被ったかしれません。徐家では火災を起こし、養子先の祖母が焼け死にました。地方官になった時も、癒着がバレて父上が頭を下げたではありませんか。その事件に関わった何人かは今も行方不明です」

「玲樹が悪いとは限らない。火事は不注意であったし、癒着は慣例的に行われがちだ。新任が簡単に止められるものでもない。行方が知れないのは、罰を恐れて逃げたからだろう」

「それに凛のことも利用しようとしている！」

子陣はそう言ったが、成王に睨まれ、それ以上言葉をつなげず止めた。

「とにかく、凛。家に帰ろうぞ」

成王は凛を優しい瞳で見た。子陣もそれに並ぶ。

「ああ。成王府に戻った方がいい」

凛は逡巡しながら唾を飲み込み、二人を正面から見た。

2

「わたし……わたし……成王府にはまだ戻れません……」

「凜？」

子陣と成王は瞠目する。

「なぜ──」

子陣の問いは成王の問いでもあったはずだ。

凜は背筋を正す。善児の死にしろ、皇帝の毒にしろ、徐玲樹のことにしろ、点と点が繋がりそうでまだ完全に繋がっていない。やるべきことはたくさんあるのに、今、事件を解き明かすことなく香華宮を去れば、必ず後悔すると思ったのだ。

「この事件はまだ終わっていません。皇上の生死すら今は知れないのに、なにもしないではいられません」

「俺がなんとかする。皇城司も動くから心配するな」

「いえ、わたしはこの問題から逃げ出して成王府に帰りたくないんです」

「凜やぁ……」

成王が心配顔になる。凜は、子陣も反対するだろうと思った。しかし、彼は成王とよく似た表情になったが、否定はしなかった。

「どうしてもか……」

「牢にいるときは投げ出したいって思ったんです。でも──なんだろう……歯車が狂っているだけなのがわかるんです。どういう風にって聞かれても説明できないけれど、この事件はわたしが思っているより、ずっと根が深いはずです……」

「それを妹妹は解けるのか」

子陣は凜をしっかりと見据えた。

凜は答えられない。でもこれだけは言えた。

「でもお義兄さまでは解けないことはわかるの」

「どうしてだ。どうして俺ではだめなんだ……」

「当事者だからよ。成王府に住んでいたということは、玲樹さまはお義兄さまとも兄弟同然だったってことでしょ」

「………」

「それに、今回の事件には皇位争いが絡んでいる。積極的に関わればお義兄さまは逆に疑惑の目で見られるかもしれない。あと、玲樹さまに対して固定観念があるのも問題よ」

成王の玲樹への印象と子陣の持つそれとでは大きな隔たりがあった。捜査する立場で偏見は危険だ。その点、凜にはまだ徐玲樹という人物が掴めずにいた。一見、穏やかな印象でありながら、冷酷で鼻持ちならない。女を食い物にする人物。凜を牢に入れたかと思えば、成王の願いを聞き入れ解き放つ。

「わたしも事件の解決に加わらせてください。きっと役立ってみせます」

凜はその場に跪いた。成王は手を差し伸べてすぐに立ち上がらせようとしたけれど、じっとそれを見ていた子陣もまた横に並んで跪いた。

「どうか凜を思うようにさせてください。凜の言うようにこの件は根深いのでしょう。私一人では間違いを犯してしまうかもしれません」

　彼はまっすぐな性格だし、人から間違いを指摘されれば、それを受け入れる度量を持っている。彼のそういうところが凜は好きだった。ただ、皇族で皇城司の長官たる子陣に真正面から意見を言える人は少ない。

　その点、凜は数少ない苦言を呈することのできる人物で、子陣もよく耳を傾けている。成王もそれをよくわかっているのだろう。苦慮した末に柳の木の幹に手を当てて言う。

「わかった……。だがのぉ、約束して欲しい。今回の問題はおそらく皇上と玲樹との確執が関わっている。問題は複雑ではあるが、答えは一つしかない。皇上と玲樹に寄り添って解決しておくれ」

「父上……」

「皇上は冷たい方ではない。本当はとてもお優しい方なのだよ。しかし、一国の君主として辛(つら)い選択を強いられてきた方だ。どうか皇上の気持ちも十分考えて解決しておくれ」

　凜はこくりと頷(うなず)き、子陣がしたように両手を上げて額ずいた。「よい、よい」と成王は優しい声になり、疲れた顔で香華宮を去って行く。

　凜は親不孝をしたのではないかと思って心配になった。

「そんなに案じるな、妹妹。父上は、本当は自ら福寧殿に乗り込んでその戸を開けるようにと言いたいのに、立場としてできないのだ。だから俺たちの申し出は嬉(うれ)しいはずだよ。代わりにできることをしよう」

「うん」

凜は立ち上がった。

「まずは、玲樹さまに会ってくる」

「そう簡単に会えるか？　アイツはもはや皇帝のように振る舞っているんだ。重臣たちでさえ、慇懃無礼に面談を断られていると聞く」

「そうかもしれない。でも、待ち伏せでもなんでもして会う」

「なら着替えてから行くといい。酷い恰好だぞ」

それで凜は自分の衣が汚れ、頭はぼさぼさなのに気づく。

「そうだね……じゃ、またあとで」

日はもう高く、若い宮人たちが道を掃いていた。牢に入れられた凜が元気に出てきたのが驚きだったのか、肘を突き合いながらこそこそ話しているが、別に凜はなんとも思わないことにした。牢での恐怖に比べたら噂話など何も怖くない。

「お嬢さま！」

香華宮の前に行くと門の前で今か今かと待っていたらしい小葉が走ってきた。きつく抱きしめられてどれだけ心配させてしまったのかわかり、申し訳なくなる。

「ごめんなさい、心配をかけて……」

「よかった。よかった。ご無事で本当によかったです……」

小琴楼に着くと、待ち構えていたように仲間たちがぞろぞろと出てきた。公主と公主付きの女官たち。杏衣など後苑のみんな、言女官など賭け仲間、悠人、顔だけしか知らない人たちまでが「ああ、ご無事でよかったです！」と駆けつけてくれた。凜は輪になって跳びはねて喜んだ。しかし、その喜びの声は急に静かになった。徐玲樹が現れたのだ。


皆が一斉に両手を左腰に当てて礼をした。

「徐都承旨にご挨拶申し上げます」

だれもが徐玲樹を恐れているように見えた。

凜もまた彼が怖かった。しかし、無理やり笑みを作った。

「徐都承旨さま、お久しぶりです」

凜はみんなに小琴楼に入っているように言って、気配がなくなると訪問の真意を問うた。

「お忙しいと聞きましたけれど、どうしたのですか、徐都承旨」

「行き違いがあって凜司苑が牢に入れられてしまったようなので、様子を見にきたのです」

――しらじらしい。

「行き違いなんてよくあるものです。気にしないでください」

心にもない凜の棒読みの言葉に、徐玲樹は苦笑いをし、後苑の方へと誘った。凜は、仕方なくその斜め後ろを歩いてついて行くことにした。言いたいことはたくさんあるのに、いざ、相手を目の前にすると言葉が出ない。

「下の者に慕われているようですね」

彼は無言の凜に居心地を悪くしたようで先ほどの光景のことを口にする。

「下の者？　ああ、友達のことですか」

「友達？　あの者らが？」

徐玲樹は、純粋にわからないという顔をする。

「なぜ下級の者を友達などと言うのですか」

凜は一瞬、はっ？　となり、すぐに彼を睨む。

「同じ人間として接しているだけです。上も下もありません」

「ああいう手合いは、字も読めません」

凜は腹を立てた。子陣も大概だが、徐玲樹もかなり身分主義者だし、人への思いやりに欠けている気がする。

「字も書けない人はこの国にはたくさんいます。国がそれを憂うべきで、個人を蔑む必要はないでしょう？」

彼は「ああ」と納得した顔をする。

「あなたはなかなか面白い。成王殿下に育てられただけある」

凜は黙った。

徐玲樹も成王に育てられれば、きっともっと素直な人物になったはずだ。

苦労した分だけ、歪んでしまったのかもしれない。

彼は後苑につくと、朝の草花の匂いがする小道で、まるで愛の告白でもするかのように深呼吸してこちらに向き直った。

「初めはあなたを利用しようと思っていたのです」

「はい？」

思わぬ言葉に凜は長身の徐玲樹をまじまじと見た。

「私の計画上、成王府の婿になりたかったものですからね。あなたはちょうどいい存在でした」

「…………」

「あなたのことを失礼ながら調べさせました。初めはいろいろな噂が錯綜しすぎて、どういう人物かはわかりませんでしたが……狭い香華宮の枠にとらわれないのは、なんというか……不思議でした」

「…………」

凜は答えに窮する。だから、徐玲樹がさっき口にした「計画」とはなにかも聞きそびれてしまった。

「両親ともに戦死。成王府に引き取られ、アヒルを飼う。人気者で皆に慕われる女官。なに不自由なく、恵まれた環境。しかし、どこか他の人とは違い、決してお高くとまってはおらず、博愛などというなかなか理解されない考え方を持つ——これがあなたの調査結果です」

徐玲樹は扇子を袖から出して広げた。

「だからある種の人——たとえば公主には受け入れられるのに、後宮の妃嬪たちと親しくはない。女とは男に従い、喜ばすために着飾るものと考える女人たちとは相容れないものがあるからでしょう」

——なにが言いたいわけ？

空が曇り始めていた。亜熱帯モンスーン気候の杭州の春は、暖かく湿気がある。急に髪を重く感じ、首筋が汗ばんだ。

「あなたは表面上、非常に明るく元気だ。しかし、結局のところ私と同じものを持った人ではないかと思ったのです」

「……それはなんですか」

凜は正直、わからなかった。小雨が降り出す。すぐ近くにあった、皇帝が倒れた涼亭の中に入る。池の水が風でさざなみを立て、凜の長い髪が揺れる。徐玲樹が扇子を閉じた。

「受け入れられないという、孤独ですよ」

「…………」

「凜司苑の考えはこの世界に馴染むことはできない。『孝は百行の本』とするこの世を憎む私のように――世界の構造そのものが私たちを受け入れないのです。社会そのものの枠があまりに強固だから、その外にいる私たちは否応なしに排除されてしまう」

　そうなのだろうか。いや、そうかもしれない。

凜はこの世界に完全には適合できていない。まったく違う価値観に突き当たって戸惑い、無性に寂しくなる時がある。逆にこの世界に馴染みすぎている自分を見つけた時も、前の自分を失ったような気持ちになって悲しくなる。

　それは、孤独――と、いえるものかもしれなかった。

「ご実父を――皇上を、恨んでいるのですか」

「恨んで？　さあ、どうでしょう。これを恨みというのでしょうか。どちらかというと失望の連続と言っていい。あなたは？　凜司苑」

「誰も、なにも恨んではいません。ただ時々寂しくなる時があるだけ……。失望とは違います」

　どんなに自由平等などと叫んでも、ただ酔狂だと思われるだけだった。

　徐玲樹もまた、社会の矛盾への反発、出生ゆえの疎外感、父への複雑な感情による憤懣が、孤独となって跳ね返っていたのかもしれない。

　――徐玲樹さまを本当に理解する人はいたのかな……。

　優れた容姿に惹かれる人はもちろんいただろう。でも、真の彼を理解した人はいなかったのではないか――。

「それで、なんでわたしと結婚しようなんて考えたんですか。計画とはなんですか」

彼は微笑んだ。

「求婚の申し入れはすでに成王殿下にしておりますが……殿下は『結婚だけは自分の好きな人間とするのがよい』とおっしゃって聞き入れてくださいませんでした」

「そうですよ。わたしもそう思います」

徐玲樹は肩をすくめる。

「でも断られると逆に気になるというのが私のおかしな性格でして、気づくとあなたの姿を追っているのです」

凜はどういう顔をしていいのかわからなかった。嬉しくもないが、困った顔をするのも失礼かもしれない。彼の言葉の真意もわからない。ただ彼女は長い睫毛をもたげた。

徐玲樹はそんな凜の手を握った。

「結婚していただけませんか」

3

凜は驚いて手を引っ込めようとしたが、玲樹は凜の手を強く握って放さなかった。

「それがあなたの計画に必要なのですか」

「成王殿下を父と呼べるのは喜ばしいことです」

「そんなの表向きでしょ」

成王の後押しを得て、自分が皇子であることを認めさせるのがこの人の目的ではないだろうか。彼の生い立ちを聞いて凜はそう思った。

「ええ。もちろんです」

彼は優雅に涼亭の朱色の柱に寄りかかる。

非の打ち所のない美男子だ。

結婚を申し込まれて普通なら大喜びしてしまいそうなものだけれど、凜は世間知らずの娘ではない。派遣先で揉まれて信じた男に裏切られた経験もある二十八歳だ。この手の男が一番危険なのはよく知っている。

――わたしに恋しているとはとても思えない。

凜は玲樹の手を振り払った。しかし彼はめげずに言葉を継ぐ。

「どういうわけか、あなたのことが気になるのです。凜司苑」

「わたしはぜんぜん気になりません」

彼は笑う。

「それです。おそらくそれ。あなたは私のことが気にならない。それが私があなたを気になる理由です」

「自惚れですか？」

彼はまた笑った。しかも声を出して。右手で口を覆ってそれを止めようとするほどだ。

「なにが可笑しいんですか」

「凜司苑の受け答えは突拍子もないのです。そんなこと思っても誰も私に言いません」

凜は顎を上げた。

「わたしは思ったことはそのまま口にしてしまうみたいなんです」

「面白い方だ」

くすくすと笑う徐玲樹。

「どうです、手を組みませんか。あなたに損はさせませんよ」

凜は差し出された手を払った。

「皇上に毒を盛っているのでしょう。そんな人と手など組めません」

「どうやら気もお強いようだ。私は後宮の妃嬪たちのように従順な女を好ましく思っておりませんので、冷たくされると余計想いが募りますね」

「そんなのどうでもいいです、ホント」

彼は苦笑し、椅子に座る。

「成王殿下に育てられたら、私もあなたのように自由奔放になれたのでしょうか」

「奔放ではなく、自由闊達と言って欲しいです」

彼は自然に頬を緩め、扇子の先で空いている椅子を叩く。

「お座りください」

「結構です。わたしし、立っている方がいいんで」

「成王殿下に育てられたのは幸せでしたね」

その言葉は羨ましげに響いた。自分の境遇と凜を比べているのだろうか。いや、重ね合わせているのかもしれない。二人とも孤児のようなものだし、成王に厄介になったのも同じだ。凜はふと、玲樹に確かめなければならないことを思い出す。

「皇上はご無事なのですか。会わせてください」

「ご無事です。会わせるのは少し難しいですね」

「崩御しているなんて噂すら立っているのに？　お義父さまは、実の兄である皇上のことを本当に心配しているんです」

徐玲樹は笑顔のままだったが、皇上という言葉を聞いた瞬間、瞳は凍りつきそうなくらいに冷たくなった。

「崩じてなどおられません。少し弱ってはいらっしゃるが」

「会わせてください」

彼は扇子を半分広げて自分の口元を隠す。

「あなたが結婚を諾と言ってくださるのなら、今からでも拝謁を賜れるように取り計らいましょう」

凜は目の前の男にだんだん腹が立ってきた。

「結婚なんて、わたしのことが好きになったら言ってください。今言われてもぜんぜん嬉しくないです」

「こんなにあなたのことが愛おしいのに？」

おどけた返事に、凜はいらっとして徐玲樹の肩を強く押した。さすがの徐玲樹もそれは予測していなかったらしい。痛みに顔を歪めるが、凜はふんと顔を背けて腕を組む。

「人を愛したことのない人に言われてもとても信じられません」

「私が人を愛したことがないと？」

「そりゃ、女性関係はすごそうですけど？　わたしを牢に入れておいて直後に求婚とかって普通じゃないです」

「ああ……間はたしかに悪かったですね」

艶やかな徐玲樹の髪が揺れた。

雨が強くなり、屋根の瓦に規則正しく雨粒が落ちる音がする。

池に靄が立ちこめ、柳の木は墨絵のようにかすむ中、凜は涼亭のテーブルに座った。

その行儀の悪さに驚いたのか、徐玲樹が顔を上げる。

「愛っていうのは、誰かのために自分の全てを捨てられることを言うんです」

「……………」

「打算や思惑、興味や利益は愛と言わないんですよ」

えらそうなことを言ったが、そんな風に自分は悠人のことを思っていただろうかと、凜は自嘲ぎみに思った。出会った時はたしかに悠人しか見えていなくて、彼の幸せのためならなんだって惜しくなかった。でも、付き合いが長くなるにつれ、上手くいかない仕事から逃げたいとか、裕福な生活がしたいとか、そういう思いが婚約前になかったわけではない。

「見つけるのがとても難しいんです、愛って」

凜の言葉に、徐玲樹は表情を変えず、涼亭から手を出し、雨水が手のひらを濡らすのをぼうっと眺めていた。それはまるで自分に五感があるのを確かめるようで、とても静かで美しい姿だった。首筋に雨の雫が流れるのも色気があり、大人の男らしい魅力がある。

凜は彼に見とれている自分に気づき、長い睫毛を伏せた。

「とにかくなにを企んでいるか知りませんが、これ以上の横暴はもうやめたらどうですか。結婚も本当に一緒に幸せになりたい人とした方がいいです」

彼は手を手巾で拭いた。

「私は実父と親しくないのですが、『始めたものは必ず終わらせろ』と教えられました。今もその言葉を大切にしております」

「つまり、やめないんですね」

「ええ」

雨の中、華詩がこちらに傘をひとつ手に持って近づいてくるのが見えた。徐玲樹は華詩が持ってきた傘を凜に渡すと、「足元に気をつけて」と気遣いを見せる。しかし、華詩と相合い傘で行くのかと思いきや、雨の中、彼女の傘を取り上げて福寧殿の方角に消えて行った。気の毒に華詩はずぶ濡れで追いかける。

——やっぱりちょっと残念なところがある人よね……。

凜はその後ろ姿をずっと見つめていた。

気にならないというと嘘になるような気がした——。


「凜、おい、凜」

振り向けば、子陣が傘も差さずに呱呱を抱えてやって来るところだった。

凜が牢にいてバタバタしていたから、呱呱を池から回収するのを皆忘れていたのだろう。

子陣はアヒルが嫌いだというのに、捕まえてきてくれたようだ。

「呱呱を見つけてきてくれたの？　ありがとう、お義兄さま」

「木の陰で雨をしのいでいた。さすがに気の毒になってな」

子陣はやさしく呱呱を凜に手渡した。長い間外にいた呱呱はとても冷たく、いつもの元気はない。

「さっき、徐玲樹がいなかったか？」

「ううん……。わたしと結婚したいんですって」

彼は知っていたようだ。肩をすくめ、先ほどの傘を広げる。

「凜はどうだ。結婚したいか。嫌な奴だが、あれだけの美男はそうはいないぞ」

「う―ん。そうだね。美男ってだけじゃなくて、出世頭で、皇上の実子。どこをとっても素晴らしいようなのに……あの人、なんか結婚相手っていうと違うんだよね」

子陣がぱっと嬉しそうな顔をする。

凜は首を傾げて、彼に怪訝な目を向けた。

「なんでそんなに喜ぶの？」

「それは……お前……俺は徐玲樹に『義兄上』なんて呼ばれたくないんだ……だ、だからだ……決まっているだろ」

「ふぅん」

子陣と徐玲樹が仲良くないのは知っているから納得だ。凜はそんなことより皇帝の方が気になっていた。

「玲樹さまが言うには皇上は生きているみたい。嘘をついているようには見えなかった」

「俺も福寧殿を見張らせた。食事を運ぶ者、清器を運び出す者がいる。ご無事だろうと思う」

――清器？　ああ、おまるのことね。

皇帝をこのまま福寧殿にいさせるわけにはいかない。なんとか接触して、徐玲樹が皇帝の名で行っている命令を止めなければならない。

凜を「手違いで」投獄するくらいだから、おそらく官吏たちも理由らしき理由もなく捕らわれている可能性がある。

「お義兄さま、こうなったら福寧殿に忍び込みましょう」

「忍び込む？　そんなの不可能だ」

「決断しなきゃ。もうぐずぐずしている時間はないんだもの！」

凛は子陣と一つの傘で歩き出した。

4

「とにかく、忍び込む前に皇上の毒消しの薬を処方しないと」

「主治医はどうなったの？」

「新しい者に代わった」

重臣たちが一斉に左遷させられ、新しい経験の浅い者たちが起用された。どうやら太医(いしゃ)たちの役所「翰林医官局」も御多分に洩(も)れず、新任者が力を握ったという。

「誰か残っているかもしれない。行ってみよう」

子陣の提案に、凛は翰林医官局に急いだ。しかし、案じた通り、建物はがらんとしていた。役所自体が別の場所に移動したという。ただ、さえない男が一人、肩を落として荷物をまとめていた。

「皇城司だ。突然すまない」

医官は郡王の登場に驚いたのか、勢いよく頭を下げた。

年の頃は四十くらい。皇宮で寝起きしていたのだろうか。無精髭を生やしてよれよれの官服を着ている。彼は高貴な人物に慣れていないようで、礼法よりよっぽど頭を深く下げた。

「ここには、他に医者はいないのか」

「わ、私が、さ、最後の、い、一名です。ひ、引き継ぎに、て、手間取り、ま、まして――」

どうやら咎められていると思ったのか、あれやこれやと口ごもりがちに言い訳を並べる。子陣はそれを、手を上げて制した。

「そんなことを聞いているのではない。名前は？」

「お、王と、もう、しま、す」

「役職は？」

「た、太医局丞です」

つまり七品の医官ということになる。あまり階位は高くない。女官と官吏は厳密には違うとはいえ、左遷された凜も同じ七品だ。

「そんなに緊張するな。頼みがあるんだ。水仙の毒に効く薬を調合して欲しい」

「水仙でございますか……」

子陣が声を潜めた。

「どうやら皇上の毒は水仙らしい」

先ほどまで後頭部をこちらに向けていた男が、ぱっと顔を上げた。その顔は蒼白だった。

「水仙でしたか……嘔吐された様子を聞いた時、おそらく毒草だと思いましたが、まさか、水仙だったとは」

先ほどまでつっかえつっかえだった言葉がするりと出てくる。どうやら自分の得意分野だと饒舌になるタイプのようだ。凜はつけ加えた。

「後苑から水仙ばかりが盗まれているの。それだけじゃない。皇帝にお茶を淹れた女官が書庫で水仙について調べていた」

子陣が凜の言葉を補足する。

「水仙は根に毒があるそうではないか」

王太医局丞は、首を縦に振る。

「根だけでなく葉も危険です。ニラによく似ているため、誤って食べて死者を出すこともあります。少々お待ちください。資料を持ってまいります」

王太医局丞は頭の良さそうな人だ。出世できないのは、緊張すると上手く話せないからだろう。役所にある本をいくつか走って取ってくると、すぐそばに郡王がいることも忘れてものすごい勢いでページをめくり始めた。

「皇上に薬を届けるのですか」

「ああ。福寧殿に忍び込んでお渡しするつもりだ」

「私の見立てでは、定期的に毒を飲まされている可能性があります。水仙の毒性は附子などより低いですが、死ぬ危険のある毒草です。まだ皇上の息があるというのなら、少量をゆっくり飲ませているのやもしれません」

それは十分考えられた。水仙は何回か盗まれている。

「胃の中のものを吐かせなければなりませんが、お体が弱っている時に強い薬を使うのはよろしくないので、鍼をしてからの方が適切かと」

子陣が苛立ちを見せた。

「悠長なことを言ってはいられない。忍び込んで更に鍼を打つなど、どれほど時間がかかると思っているのだ」

とにかく王太医局丞は吐かせるための薬を急いで作るという。子陣はそれを役所の椅子に座って待っていたが、落ち着かない様子で何度も指先で机を叩いている。

「あの人、信頼できる？」

「ああ、できる」

「どうしてそう断言できるの？」

「徐玲樹が利用しない類いの人間だ」

凛は子陣に目をやった。

「どういう意味？」

「誤ったことができない不器用な男だってことさ」

凛はにこりとする。

「つまり、正義感があり正直者だってことね」

子陣は肩をすくませる。

「そうとも言うな」

さて、福寧殿に忍び込むということは決まった。薬も手に入りそうだ。ならばどうやって忍び込むか、それが問題だ。

「まかせろ。忍び込めそうな場所は知っている」

子陣曰く、福寧殿の南西に使用人が出入りしていた小さな扉があるのだという。しかし、使われなくなったため、そこに石の虎の像が置かれた。それをどうにか動かせば内部に入るのは容易らしい。だが――。

「どうやって石の像を動かすのよ」

「六、七人で持ち上げればいい」

「そんなに大勢で行ったら見つかるに決まってるじゃない。玲樹さまがこれだけ権力を握っている今、協力者は少ない方がいい。どこから何が漏れるかわからないでしょ」

凛は窓の外に目をやった。

相変わらず雨が降っている。この分ではしばらく降り続くだろう。

雨が降れば、音は吸い込まれる。多少の音なら気づかれずにすむかもしれない。

凛は机の上に座って足を組む。瞳を閉じて、顎に手を当てれば、心は落ち着いた。

——石像は少し動かすだけでいいはず。別の場所に移動させるわけではないんだもん。不可能ではないはず……。

凜は目を開けた。役所を片付けるための箒が立てかけられてあるのを見て、机から勢いよく飛び降りる。

「ひらめいた！」

「なにを？」

子陣が期待していない声で言う。

「てこの原理よ！」

5

「なんの原理だって？」

「ほら、こうするの」

凜は椅子を子陣の前まで運び、箒を摑んだ。箒の先に重そうな本を紐で括り付け、椅子を支点にして、シーソーのように軽々と持ち上げる。

「あ、ああ！　石切り場などで使う技だな。これを応用して石像を動かすのか。よく思いついたな、凜！」

「お義兄さまは、筆より重いものを持ったことがないから思いつかなかっただけよ」

これで問題は一つクリアーした。問題は素材だが、竹は脆いからケヤキのように硬い木の棒を使うのが正解だろう。

「福寧殿の警備は三更に交代される。深夜の交代は気が緩んでいるものだ。線香一本分くらいの時間がある」

「時間を計るにしても、線香は焚けないでしょう。匂いがするもの」

「まぁな……」

——スマホがあれば正確な時間が計れるのに。

この世界の人は一日を十二等分し、ざっくり二時間を一刻と呼ぶ。半刻が一時間で四半時が三十分だ。細かい時間は線香一本分とか二本分などで計る。皇帝は水時計を持っているらしいが、巨大だ。なにか手立てはないだろうか。

「そうだ、水時計が無理なら、砂時計を作ればいいんだ！　悠人が作り方を知っているかもしれない」

凜と子陣は煎じ薬を持って来た王太医局丞に礼を言うと、そのまま後苑の役所に行く。悠人は執務室の中央にある会議用の机の上で大の字になって寝ていた。

少しこざっぱりしたのは、石けんのおかげだろう。着ているものも真新しいものだ。女官たちに用意してもらったのだろうか。子陣は机の脚を蹴って彼を起こし、ぼんやりしている悠人に我慢ならないとばかりに仁王立ちになる。

「起きろ！」

「なんだよ。凛が捕まって夕べは寝てないんだぞ。少しくらい寝かせてくれよ」

「悠人、なんだよじゃなくて、砂時計の作り方を知らない？」

「あ、凛？　うん？　砂時計？」

彼は目をこすりながら、一晩中心配していた相手だったと気づくと机から下りた。あくびを嚙みころし「砂時計？」と反復する。

「……子供の頃、科学教室で作ったような気がする」

「作り方覚えてない？」

「あ、ああ。あんなの別に作るってほどじゃない」

「最高！」

しかし悠人は頭を搔く。

「でもペットボトルで作ったからなぁ……さすがにこの世界にはないだろ？」

致命的だ。子陣が頭の上に「？」を作りながら訊ねる。

「ペットボトルとはなんだ」

凛は慌てる。

「透き通った入れ物よ。それを二つくっつけて砂が落ちて行く速度で時間を計るの。これなら、音も匂いも煙もしないでしょ。でも……それがない。どうしたらいい？」

子陣がなんてことないという顔をする。

「透き通った入れ物というなら、玻璃ではだめなのか」

「ガラス……できると思うけど、玻璃は高価だから……」

子陣は凜の机を指差した。そこには対の玻璃の一輪挿しがあった。

「だ、だめだめだめ！　これは皇上から頂いた、西方からの舶来もの。とても貴重な品なのよ！」

「玻璃なら成王府にもあるが、取りに行っている時間は無駄だ。よこせ、凜」

「だめだめだめ！　うっかり割れたらどうするのよ！」

「いいだろう？　別になくなるわけじゃない。ちょっと借りるだけだ」

「めっちゃ高いものなのよ！　家だって買えるのに！」

悠人が子陣に加勢する。

「凜、一回死んでるわりに、相変わらず物欲すごいな」

物欲こそ凜の活力だ。あれが欲しい、これが欲しいと思えばこそ嫌な仕事も我慢できる。派遣で苦しい時に物欲がどんなに自分を助けてくれたことか。一回死んだくらいでは絶対に手放せない。

「とにかく、ダメ――」

しかし、どう足掻いても「皇上のお命とどちらが大切か」と子陣に詰め寄られ、結局半泣きで渡すしかなかった。現代日本と違い、割れても同じものを買えばいいとはいかないというのに……。

「絶対、割らないでよ」

「オッケー、オッケー」

　軽いノリの悠人が恨めしい。彼は園芸用の砂を倉庫から取ってきてふるいにかける。厚手の紙に瓶の口と同じ大きさの円を描き、真ん中に錐で穴を開けた。

　砂を入れ、穴を開けた厚紙を挟んで二つの玻璃の花瓶をくっつけると、瓶を連結させ、膠をつけた布で軽く口を巻く。

　砂を落としながら線香一本分の時間を計って余分な砂を取り出した後、しっかりと口を固定すれば、簡易の砂時計の完成だ。

　どうだとばかりに得意げに悠人は顎を上げて、凛と子陣を見た。

「…………」

　子陣は不機嫌そうだ。悠人がこんなに活躍するとは思っていなかったのだろう。少しは彼を見直したようではあるが、むっつりと押し黙って、褒めもしない。

「まぁ、いいんじゃないか」

　やはり子陣が悠人を気に入らないのは見かけや身分のせいではなく、「なんとなく気に入らない」という曖昧な感情から来るもののようだ。悠人もそんな子陣の気持ちを機敏に感じ取るから互いに「嫌な奴」となる。でも二人とも、根底では「あいつはなかなかできる奴だ」とわかっているらしい。

「じゃ、決行は今夜ね。悠人、ケヤキの長い棒を用意しておいて」

「なんでオレが――」

「お義兄さまが木材を切ったことがあるように見える？」

悠人は子陣を上から下まで見て、そして下から上を見て、言う——。

「そうだな。オレが切っておく」

「あと、今夜、皇上の寝所に忍び込むからそのつもりでいて」

「は？　オレも一緒に行くってこと？」

子陣も凜が悠人を指名したのに驚いたようだ。秦影など皇城司の者を連れていくつもりだったのだろう。

「この三人では失敗は目に見えている」

「そうかな？　悠人は顔を知られていないし、お義兄さまは皇上の寝所にまで入ったことはないでしょ？　わたしは入ったことがあるから部屋の配置を知っている。それになにより、鳥たちに好かれている」

そう、皇帝の寝所には鳥がいるのだ。慣れていない人が侵入するとびっくりして鳴きだしてしまうかもしれない。その点、凜は鳥慣れしているから鳴かれない自信があった。

「じゃ、図面を描くから、みんなしっかり見て覚えて」

子陣さえ、もう反対はしなかった。

棒を担いだ三人がそろりそろりと目立たぬよう福寧殿に近づく。

雨の降る深夜のことだ。

衛兵たちは槍を持って眠そうにしており、笠を被っているので、こちらに気づかない。黒ずくめの三人は足音を立てずに階段を上った。

建物の陰に隠れた時、三更の鐘が鳴った。

警備の者たちがやれやれ雨で酷い夜だったと言い合いながら持ち場を離れる。子陣は砂時計をひっくり返し、腰に垂れた。

「今からこの砂が半分、落ちるまでに中に侵入すること。そうでないと警備の羽林軍の奴らが戻ってくるからな」

「了解」

「アイアイサー」

凜はおちゃらける悠人に呆れたが無駄口を叩いている場合ではない。石像に、斜めにカットした棒をそっと差し込み、男二人が棒をてこにして像を持ち上げ、凜がそれを支えつつずらす。

なかなか動かないのは凜の力が弱いからだ。それでも「う、う、うん！」と全体重を掛けた。するとわずかに動き、虎の石像を横に向けることに成功した。

大人一人が滑り込めるほどのすき間が空いたが、長らく使っていないから「ギギギ」と嫌な音がした。周囲に聞かれていないだろうか。三人は顔に皺を寄せる。

「凜、どちらに行けばいい？」

ようやく、順番に狭い隙間を通り抜けて廊下に忍び込んだ。子陣が訊ねてくる。

「こっち。あ、そこに唐三彩の馬がいるから気をつけて！」

「お、おっとと！」

悠人がなんとか跨ぎ、倒れかけた唐三彩を子陣がすんでのところで受け止めた。皆、ほっと胸をなで下ろす。

音を立てたらまず見つかってしまう。

「おい、気をつけろ」

子陣が小声で叱る。悠人は呟く。

「くそむかつく奴だな」

とにかく連帯感に欠けているメンツだった。それでもどこかから足音がすると、一斉に床に屈んで身動きを止めるチームワークはみせる。

足音が遠のくと再び動き出す。

廊下の手前から三番目の戸が皇帝の寝室に続く書斎だ。あれほど家具の配置を確かめたのに、悠人が椅子に躓いた。さすがの凛も彼を睨んだ。

「気をつけてよ！」

「……わかってるよ、うるさいな」

本当は飛び上がるほど痛いのを我慢しているのか、涙目で、悠人は文句を吐いた。が、それが聞こえたのだろう。寝台の方からかすれた声がした。

「誰かいるのか……」

皇帝の声だ。

凛たちはすぐに寝台に駆け寄った。

6

「皇上！」

凛と子陣は皇帝が横たわる寝台の前で跪いた。

灯りは皇帝の枕元に一つ。

悠人は作法がよくわかっていないのか立ったままだったが、今はそんなことはどうでもいい。凛がいたためか、鳥たちが騒がなかったことに安堵する。

「子陣と凛か」

「はい」

「必ず来てくれると思っていた」

こちらを見た皇帝の顔が真っ青に見えたのは月明かりのせいばかりではないだろう。髻も取り、急に老け込んだ目尻をしていた。

普段はあんなに堂々と張った肩も、短い間にずいぶん痩せたようにも見える。

手を取り合って再会を喜びたいところだが、計画通りに進めなければ、すぐに衛兵が交替してこの部屋を囲ってしまうだろう。子陣が早口で言った。

「皇上は毒を盛られておられます」

「ああ、知っている」

「おそらく、水仙の毒だと存じます」

「水仙？」

子陣は頷きながら酒壺に入った薬を皇帝に両手で渡す。

「太医たちはみな左遷されました。残っていた太医局丞に薬を処方させたところ、まず胃の中のものを吐き出す必要があるとのこと」

「…………」

皇帝の顔が歪む。既に吐き気と下痢に苦しんでいるようだ。この上、もっと吐けとは辛いことに違いなかった。

「こちらを一気に全部お飲みください。すぐに吐き気を催し、胃の中のものを戻します」

「他には薬はないのか」

「今、手に入るのはこれだけです。どうやら少量ずつ皇上に毒を飲ませているので、今、胃にある毒を吐き出さなければなりません。食べ物に気をつけて、少しでも不審に感じられたら口にされませんように。なにに毒が混ぜられているのかわかりません」

「うむ」

凜はもどかしくて、皇帝の体を起こし、薬を飲ますのを手伝った。

酷い味だったようで皇帝は眉を寄せて苦しそうに飲む。

全部飲んだのを確かめ、子陣が強い口調で言った。

「徐玲樹を捕まえるようにお命じください」

しかし皇帝は首を横に振った。

「それは……もはや遅い。すでに朕は徐玲樹を皇子と認め……皇嗣とすることを定めた勅書を出している……つい先ほどの話だ……」

子陣が思わず無礼にも皇帝の腕を摑んだ。

「それは皇上のご意志なのですか」

「そんなわけないだろう……この体で……玲月の命まで脅されれば、朕とて敵わぬ」

そんな展開は想像していなかった。しかも新たに勅書を作りたくてもそこに押す印、つまり玉璽は徐玲樹が握っているという。

「子陣、凜と力を合わせて、なんとしてでも徐玲樹から勅書を奪い戻せ。徐玲樹の暴走を止めるのだ」

皇帝はそこまで言うとはぁはぁと荒い息をした。かなり弱っているようだ。

子陣はその肩を撫でながら、困惑した様子だった。なにしろ勅書がないまま動けば、たとえ皇帝の命でも謀反人にされる恐れがある。いま、皇帝の勅書により皇嗣と定められている徐玲樹に捕まれば首が飛ぶ。もちろん、文字通りの話だ。それでも彼は両手を合わせて拝手した。

「拝命いたします」

凜は子陣の美しい礼に思わずどきっとした。難しい任務を恐れずに受ける度胸はなかなかあるものではない。彼には自信も感じられたし、皇帝の命令には絶対に従うという意志も見られた。

「ゆけ、子陣」

「御意」

遠くから誰かの足音が近づいてくる。凜はもう一度頭を下げると、身を翻して暗闇の廊下に消える。背後から、皇帝が嘔吐する音が聞こえ、集まってきた女官や宦官が慌てて駆け寄る気配がした。間一髪だ。

「おい、隠れろ。見張りが来る」

子陣が柱の陰に隠れる。凜と悠人も動きを止め、傍にあった置物の陰に身を隠す。背中に汗が垂れるのを感じた。

「行こう」

衛兵たちが通り過ぎるのを待って三人はまた早足で長い廊下を走り出す。開いたままの戸から身を滑り入れて、砂時計を見ればちょうど最後の砂が落ちるところだった。そのまま外に出て、交代に会話を交わす衛兵の横を雨に隠れて通り過ぎた。

「はぁ……緊張した……」

凜は後苑の役所に着くと脱力して床に座り込んだ。子陣も疲れたらしく壁にもたれて頭を押さえている。ことの危険性をあまり実感していなかった悠人だけが、「コーラ飲みてぇ」と喉の渇きに不満を述べる。

「で、どうするの？」

「どうとは？」

「なにか計画があるんでしょう？　勅書を取り戻す──」

「皇上はつい先ほど徐玲樹に勅書を出したと言っていた。奴はおそらく、明日の朝議で勅書を読み上げるつもりだろう。夜のうちに、皇城司の密偵に徐玲樹の屋敷から盗み出させる。技量に長けた奴らだ。在り処が分かっていればこちらのもの。心配はいらない」

ならば話は簡単だ。子陣は秦影を呼んで手はずを整えた。凜はそのまま小琴楼に戻って一休みすることにした。五更前には目を覚まさなければならない。朝議は早朝から行われる。

「凜、起きろ、凜」

「な、なに？」

それなのに──子陣が四更の鐘が鳴る前に凜を揺さぶった。

「女の寝所に入ってはならないっていうこの世界の常識を知っているでしょ！」

腹を立てながら体を起こすと、彼はそれどころではないと言う。

「密偵が失敗し、徐玲樹の屋敷で捕まった」

「はぁ？　あんなに自信ありげだったじゃない!?」

「面目ない。次の策を考えなければ……」

ほんの少しの時間でも寝てしまったのが悔やまれる。

――いったいどうしたらいいの？　朝議の時間は迫っているのに――。

「皆を集めて」

「皆？」

「公主から後苑の宮人女官、動かせそうな人は全員よ。池にある涼亭に集まりましょう」

子陣は納得いかないようだ。

「玲月はまだしも、宮人がなぜ必要なんだ」

「悠人も言ってたけど、そういう階級主義はよくない。今はみんなで協力しなければならないとき。いいから集めて知恵を絞り出しましょう！」

集まったのは公主と公主付きの女官たち、後苑の女官、宮人、悠人、小葉、徳妃付きの馬内監。そして凛に抱かれて呱呱もいる。

宮人は朝早くから香華宮の清掃をしなければならないので既に完璧な恰好で揃っていたが、女官たちはノーメイク、ノー眉毛。悠人は一枚しか衣がないから夕べと同じ恰好だ。

最後に眠たげな公主が布団を被って現れた。

何ごとかと集まる友人たちを、凛は一度、見回してから語り出す。

「皆、聞いて。わたしは昨夜、お義兄さまたちと福寧殿に忍び込んで、皇帝陛下にお会いしたの」

皆の目が大きく開き、公主が布団を投げ捨てて凜の腕を摑んだ。

「お、お父さまはご無事なの⁉」

「はい……かなり衰弱していらっしゃいましたが、意識ははっきりとしています。薬さえ飲めば大丈夫だと思います」

「そう……よかった……よかった……」

公主はへなへなと地面に座り込み、宮人女官は安堵の息をつく。だが、話は終わっていない。凜は険しい顔を変えずに続けた。

「問題は玲樹さまです。あの方の陰謀を阻止しないと大変なことになります」

凜は今の状況——徐玲樹が皇帝を脅して皇嗣と定められた勅書を得て、今日の朝議で公表する可能性があること、皇帝に毒を盛っていたのが彼だろうということ、高善児の死に関わりがあることもすべて告げた。

「はっきりしたことがあるんです。高善児もその死体を運んだ福寧殿の李女官も皆、玲樹さまに惑わされていたようなんです。慕っているという心の隙をつかれて、悪の片棒を担ぐきっかけとなってしまった——でもそれはただ利用されただけ。李女官は高善児の死体を捨てに行かされて結局投獄されています」

結婚する予定もなく、恋する機会さえない女官たちは、徐玲樹をこっそり応援してきた。少ない給金をはたいて誰かを応援するというのは、大変な負担だったことだろう。それなのに、こんな風に皇帝に毒を飲ませ、宮人女官たちを利用するのは許せないと皆の顔色がだんだん変わり始めた。特に高善児の遺体が肥桶にあり、死体は本来、肥だめに捨てられるはずだったことを聞くと唖然とするとともに憤る。

「高善児の仇はとらないと！」

「そうですわ！　私が骨を拾います！」

「女官を食い物にしていた徐都承旨は許せません！」

女官達が意気投合する。凜は円の中心に立った。

「宮人は身分が低く利用されがちだけど、宮人にだって当たり前に幸せになれる権利はある。こんな風に使い捨てにされたらわたしたちだって黙ってはいない」

博愛主義などと子陣に否定されていた価値観だが、今日という日は皆が同意した。

「しょうがない」

自分たちは身分が低いから。そんな諦めはいつもこの香華宮に漂っているけれど、今回ばかりは泣き寝入りはできない。牢で李女官が諦めたように言っていた「石ころ」ではないのだ。

「わたしは皇上から玲樹さまの持つ勅書を奪い返すように命じられたの。でもどうやったらいいのかわからなくて、皆の力が借りたい」

凜は身振りを交えて伝えた。皇帝の寝所に忍び込んだこと、その様子、自分たちには時間のないことを説明する。

　公主が口火を切った。

「つまり、その勅書を朝議の場に徐玲樹が着く前に取り返せばいいのね」

「そういうことです」

　公主は凜のレシピで作った朝食の「イングリッシュマフィン風」包子(パオズ)の目玉焼き挟みを食べながらあっさりという。

「徐玲樹を逮捕すればいいわ」

　子陣は「阿呆(あほ)か」と従妹(いとこ)に一刀両断。

「勅書がないのに徐玲樹は逮捕できるわけないだろう」

「なんか理由をつけて逮捕すればいいんじゃないかしら。ほら横領の噂とかあるし」

　公主は単純だ。噂だけで逮捕できたら苦労はしない。

　子陣は真剣な顔で皆を見回した。

「逮捕しようとしても、今や玉璽(ぎ)さえ握る徐玲樹を拘束できるかわからない。できたとしても、どうせトカゲのしっぽ切りになるだけだ」

　その時、凜はピンとひらめいた。

「待って……トカゲのしっぽ切りをすればいいんじゃない？」

　皆の目がどういうことかと集まる。

「とにかく時間稼ぎをして玲樹さまが朝議に現れる時間を遅らせなければいけない。そうでしょう？」

「まぁ、そうだな……」

「その間に勅書を取り戻せばいいのよ」

凜は池を見た。ほんの少し前は左遷されたことを嘆いていたというのに、今はこんな大事に巻き込まれている。公主と舟を漕いだのが懐かしい。あの頃の悩みなど、今考えると小さなものだ――。

「あっ！」

「な、なに？　凜。大きな声を出したりして」

凜はわなわなと舟を指差す。名案が浮かんだのだ。

「こ、公主、おっしゃってましたよね、羽林軍の鄭上将は宮人とできているって」

「え、ええ？　それがなに？」

「使えます、その情報！」

子陣が「本当か！」と公主の手を掴み、呱呱が翼を広げて鳴き声を上げた。

7

鄭上将が密通罪で皇城司に捕らわれたという知らせは瞬く間に後宮に広がった。

「やっぱりあやしいと思っていた」という者もあれば「密通なんて信じられない。しかも妊娠しているってよ。恥知らず」と批判する者もいる。

保守的な妃嬪たちは厳しく取り調べるべきだと言い、皇后が不在のため、徳妃が審議を受け持つことになった。もちろん、馬内監が徳妃を焚きつけたのは言うまでもない。

「放せ！　なにかの間違いだ。放せ！」

往生際が悪く鄭上将は皇城司の兵士にそう叫んだが、相手の宮人の方は覚悟していたのだろう。静かに徳妃が遣わした内監に従った。

「彼女は妊婦よ。丁重に扱ってね」

凜は一言声をかけた。お腹の子供にはなんの罪もない。

――皇帝を助けるためとはいえ……こんなの辛い。後宮の宮人が恋をしてはいけないなんてそんなの悲しすぎる……。

複雑な思いで、捕らえられた宮人が後宮に連れて行かれるのを凜が見送っていると、入れ替わるように誰かが手を振って近づいて来た。

「お嬢さま！　知らせが参りました！」

小葉だ。一番、案じていた問題が解決したようだ。凜は背伸びして手を振り返す。

「呉大理寺卿が、斉勳さまを横領罪で捕らえたそうでございます！」

呉大理寺卿は、呉礼部尚書の息子だ。さすが肝が据わっている。

どうせ午後にも斉勳は釈放されるだろうが、徐玲樹の側近にはどうしても半日は牢にいて、朝議を欠席してもらわなければならなかった。

「これでトカゲのしっぽは切り終わった。じゃ、いよいよトカゲ本体を捕らえましょう」

凜は徳妃から預かった巻物を天に掲げる。

皇帝に毒が盛られて一番苦労したのは、実のところその場にいた徳妃だ。毒を盛った嫌疑を掛けられ、周囲からも疑いの目で見られた。一時は、居所から一歩も出られず、犯人扱い。華詩が犯人だったことを、子陣が皇城司の長官として正式に報告すると「やはり、そうだと思いましたわ！」と言って、すぐに華詩を捕らえるよう命令書を書いてくれた。

「華女官」

凜は福寧殿へ赴き、茶を淹れていた華詩の前に立ちはだかる。彼女は凜を「なんの用よ」と傲慢に見たが、再捜査を命じる徳妃の命令書を見ると一気に青ざめた。

「徐都承旨さまに先に聞いてからにしてください」

「玲樹さまに？　あの方が毒に関係しているの？」

「あ……いいえ！　そうではありません！」

凜は華詩が持っていた茶の盆を奪って横で待機していた王太医局丞に渡す。彼は匂いを嗅ぎ、そして少し味見すると、凜に目配せをした。

「たしかに茶に混ぜ物がされています」

「そ、そんなことはありません。私はなにも知りません」

先日、そうであったように華詩は口をギュッとつぐんで何も話すまいとしたが、官吏たちが慌てて「斉動殿が捕らえられたぞ！」と言っているのを遠くに聞くと震え始めた。

「混ぜ物の件だけじゃない。高善児の殺人についても自白を求めます」

皇城司の武官たちが集まって来て、華詩を囲う。腕を摑んで二人がかりで連れていこうとすると、彼女は誤解だと言い始めた。

「私は、高宮人を殺してないわ。勝手に階段から転げ落ちたのよ！」

凛は武官たちを手で制する。

「どうして階段から落ちたの？」

「そ、それは……知らないわ」

凛は懐から紙を出す。こんな手は使いたくないけれど、皇帝の命は一刻を争う。今は手段を選べない。怪しいと踏んだ時に子陣が皇城司の部下に華詩について調べさせていた。華詩の生まれ故郷の蘇州に赴いていた武官がちょうど昨夜、戻って来た。

「あなたは蘇州出身で父親の名前は華剣、母親を謝李芳という。弟が一人に妹が二人。家族は、蘇州からなぜかこの杭州に先月から呼び寄せられていて、白洋池の側の隠れ家に住んでいる。事情を知っているかもしれないって、皇城司が今、調べに行っている」

「そ、そんな……」

徐玲樹に匿ってもらっていたのだろう。しかし、秘密警察である皇城司の情報網は並外れている。特に白洋池周辺は盗賊の住み処や、犯罪者の逃げ場所として有名で、無法地帯のようだが、情報を売って生活している情報屋も存在する。皇城司が見つけるのは早かった。

「高善児を殺したのはあなたね」

「殺したのではないわ！　もみ合って……階段から落ちてしまっただけ……」

「話は皇城司が聞く。殺人罪で取り調べて」

凜はそのまま華詩を連行するように命じた。

高善児の殺人と、皇帝の暗殺未遂はつながっている。一緒に調べることになるだろうし、徐玲樹でさえ、これだけ一斉に逮捕者が出ては華詩にまで手が回らないだろう。

「凜！　策を考えついたわ！」

香華宮の正門、麗正門にいたのは公主だ。

水色の短衫に、薄桃色の裙姿。手に持つのは特注の蓋付きの白いカップ。中身は茶だが、竹で作ったストローまでさしてある。まさにシアトル系カフェスタイルだ。

彼女は朱漆で金鋲のついた門の扉の前で大きく凜に手を振った。

「公主さま？　策とはなんですか」

凜が訊ねると、彩色された龍や鳳凰、飛雲の彫刻の下で公主は片目を瞑る。可愛い人だ。

「名付けて『そんなに女官が好きなら、女官で突撃よ！』作戦で行くわ！」

「はい？」

しかし、詳細を聞く前に勢いよく門の向こうに馬車が止まった。とっさに門の陰に身を隠し、様子をうかがうと徐玲樹が降りてくるのが見えた。いつもの彼らしくなく慌てて麗正門を潜る。

「見てて、凜」

公主はもう一度、片目を瞑って見せた。

女官が別のカップを手渡す。

そして勢いよく飛び出していく。

「あっ！」と声を掛ける前に公主は派手に徐玲樹の官服に茶をぶちまけた。どう考えても官吏のいるような門に高貴な身分の公主がいるのは不自然だ。だが、公主はまるでたまたまそこを通りかかったような顔をして徐玲樹を見る。

「あ、ごめんなさい。袍を汚してしまったわ！　大変、みんな、助けて！」

公主が言ったと同時に女官軍団、総勢二十人が手にそれぞれ手巾を持って現れ、徐玲樹を囲った。

「ちゃんと拭いて。ああ、着替えないと！」

「公主さま、たまたま官服がございます」

「着替えを手伝ってあげて。さあ、さあ」

さすがの徐玲樹もその迫力に負け、門の横にある官吏が登城を待つ時に使う小部屋に連れて行かれる。

公主が遠くから見ていた凜に笑顔で目配せした。

——これは彼の懐にある勅書を掏り取るつもりね！

凜はにやりとする。しかし数分後、部屋から出て来た女官たちは一様にがっかりした顔をしていた。最後に小部屋から出てきた徐玲樹の手には、しっかりと勅書が握られていた。

失敗だ。

「もう！　こうなったらプランBよ！」

凜は走り出した。

香華宮を全力で走る女官などいない。

凜は、すれちがう全ての人が驚くのも意に介さず、元陸上部の能力を最大限に発揮して福寧殿まで疾走した。

「おっとと！」

福寧殿の階段前で急ブレーキを掛けると階段を駆け上がる。

近衛である羽林軍のトップ鄭上将が捕らわれたため福寧殿の警備は薄くなっていた。羽林軍の士気も総じて低い。その隙をついて皇城司の兵が福寧殿に進入したのだろう。

「輿を早く！」

凜は控えていた黄金の輿をすばやく手招きして呼ぶ。そこへ、子陣や秦影が、体力の限界らしい皇帝を抱きかかえて運んできた。

「凜か、よく来てくれた」

「皇上」

皇帝は目だけで頷いた。

まだまだ青い顔で動くのもしんどそうだが、ここがこの国の曲がり角だ。

右に行くか左に行くかは今日決まる。

皇帝もぐっと苦しいのを堪えて、羽織らされている御衣を引きずりながら輿に乗った。

「凜、受け取れ！」

子陣が皇帝の幞頭を投げる。

凜は慌ててそれを受け取ると「出発して！」と声を掛けた。

普段なら、階段は安全に安全を重ねて輿が地面と平行になるようにゆっくりと下るものだが、凜は担ぎ手たちを急かす。

「お、おお」

皇帝は輿の椅子につかまって落ちないようにするしかなかった。

「しっかりおつかまりください、皇上」

こんな日なのでたとえ相手が皇帝でも、凜に遠慮はない。

急いで朝議が行われる垂拱殿へと走るように命じる。輿は激しく揺れ動く。皇帝は天井に頭をぶつけ、唸っていたがそれどころではない。徐玲樹が勅書を読み上げたその時、この国の君主は目の前の人ではなく実質、徐玲樹になってしまう。急がなければならない。

「垂拱殿……」

凜も政治の中枢、垂拱殿に来るのは今日が初めてだ。

三段の白い基壇の上に建つ厳かな建物で昨日の雨が嘘のように、朝日に瑠璃色の瓦が輝いていた。階段の中央に刻まれた龍の彫刻が美しい。

「徐玲樹だ……」

子陣が長い階段の半ばを指差した。

「お……お義父さまもいる……」

計画について成王には連絡を入れてあったがなんの返事もなかった。

政治に関わりたくないからだと思っていたのに、なぜかその成王が階段に座り込んでいた。

「玲樹や、もうわしはこれ以上動けない。助けておくれぇ」

成王は手を差し伸べて助けを求める。

なにしろかなりの巨体の人だから本当に階段を上れないのだ。

めったに香華宮に現れないのも、きっと移動が大変なのだろう。

「少々急ぎますので」

と無視して通り過ぎようとする徐玲樹の足首に成王はすがりついた。そのままがっちり握って放さない。

「急げ」

皇帝が咳き込みながら命じた。輿はどんどんと「へいさ、えいさ」と日頃聞いたこともないかけ声を掛けて垂拱殿の階段を上っていく。途中、徐玲樹の足首をまだ摑んでいる成王と目があったが、「行け、行け。早く行け」と義父は叫んだ。成王も、徐玲樹の行く手を阻もうと協力してくれているらしい。

徐玲樹はそれに舌打ちし、力ずくで成王から逃れて輿を追いかけてきたが、悠人が最後の一段に塗っておいた石けんで足を滑らせ、盛大に転んだ。

凜は悠人とハイタッチする。

高善児の怨みは、彼女のくれた油で作った石けんで少しは晴らせただろうか――。

「くっそっ。そうはさせぬ……」

しかし垂拱殿の玉座に皇帝が座る方が、徐玲樹が扉を開けるより早かった。

「……誰も……いない……」

疲れ切った徐玲樹が大きな扉を押し開くと、居並んでいるはずの官吏たちはいなかった。

しんとした大広間に、彼の足音だけが響く。

玉座の皇帝と凜、子陣、唯一の官吏の呉大理寺卿だけが徐玲樹を迎える。

遅れて成王が息を切らして現れ、公主が扉の外から中を覗いている。

「なぜ――」

「もう一度、考えよ、玲樹。その勅書を開くかどうかを――」

皇帝は苦しげに身を起こした。

8

「勅書を返すのだ」

皇帝の言葉に徐玲樹は冷ややかに笑った。

「なにを今更。綸言汗(りんげん)の如し。君主の言葉は一度出たら取り返すことはできないものではありませんか」

徐玲樹は片手で握る勅書の巻物を掲げた。

「まさにこれこそ、皇上の汗です」

扉が開き、差し込んできた陽が暗い部屋を照らした。きらびやかな武具を鳴らして現れたのは羽林軍の兵士、五十人あまりと、どうやって逃げ出して来たのか、今朝がた捕らえられたはずの斉勳だ。しかし、後を追うように皇城司の精鋭二百人ほどがどっと部屋に入り、羽林軍の兵士を取り囲む。

広間に緊張が走る。

兵士たちは槍(やり)と槍がぶつかる寸前で構え、騒然とした空気が充満した。

「連れて来い」

子陣の指示で華詩が現れ、床に座らされる。その首には剣が突きつけられ、彼女は緊張と恐怖で小刻みに震えていた。

——あの華詩が……あんなに怯えて……。

皇帝がかすれてはいるが、威厳のある声で問うた。

「そなたが朕に毒を盛ったのだな」

「は……はい……」

「誰に言われてやったのだ」

「…………」

「誰に頼まれた！　……！」

大きな声を出し、皇帝は咳き込んだ。彼女に向けられた剣がさらに近づき、首筋に触れた。

「せ、せい、斉勳さまです……」

「徐玲樹ではないのか」

「せ、斉勳さまとじょ、じょ、徐玲樹さまです」

「うむ」

子陣が訊ねる。

「高善児を殺した件についても述べよ」

華詩はいつもの気高さを捨てて、生きるわずかなチャンスのために証言する。

「あ、あの日、高宮人に……毒について斉勳さまと私が話しているのを聞かれ……黙っているように言ったのですが……皇城司に訴え出ると言うので……もみ合って階段から落ちたのです……嘘ではございません！」

「高宮人の死体の処理はお前の一存か」

子陣が詰問し、華詩は大きく何度も首を横に振った。

「い、いえ、斉勳さまのご命令でした！　次の日に皇上に毒を盛る予定でしたので、高宮人の死が公になれば警備が強化されるかもしれないからと……」

皆の視線が斉勳に集中した。凜も彼を見た。苦々しく口を曲げ、拳を固く握っている。

「斉勳、なにか言うことは？」

皇帝は扇子の先で彼を指す。

斉勳はよほど肝が据わっているのか、不敵に声を出して笑った。

「今更、なんだというのだ！　こちらには徐玲樹さまを皇嗣とし、皇位を継ぐことを許す勅書がある。これさえ読み上げれば、皇上には退位していただき、我らの天下となる！」

しかし、華詩は体を伏せたまま前へと進んだ。

「お、お願いです。命だけでも、いいえ、家族だけでも助けてください！　私は皇上を殺そうとしたのではありません！　徐都承旨さまに、しばらく皇上を政務につけないようにするだけで、殺したいわけではないと言われたのです。その証拠に……も、盛った毒はごくわずかでした！」

華詩の証言が真実か、呉大理寺卿が進み出て皇帝に拝手する。

「王太医局丞を呼びたいと存じます」

「許そう」

よれよれの官服を着た王太医局丞が控えの間から進み出てきた。彼は慣れない垂拱殿に圧倒されている様子だったが、見立てを問われるとすらりと言葉を発した。

「はい、恐れながら、皇上のご様子を診察いたしましたところ、華女官の証言の通り、致死量ではなかったと存じます。ただ少量を長期に飲ませたのは事実。悪くすれば、大変なことになっていた可能性は十分あります」

「うむ」

皇帝は肘掛けにもたれた体を少し上げる。そして徐玲樹に目をやった。彼はただ、静かに佇んでいた。手には勅書を持ち、冷たい目で皇帝を直視している。

――悲しい目……。

凜の胸が締め付けられる。

徐玲樹と皇帝は実の親子だ。こんな風になってはいけない。権力や皇位など難しいことが絡むせいで、この親子はがんじがらめになっている。

「子陣、徐玲樹を捕らえよ」

「御意……」

子陣が「かかれ！」と叫ぶと、円状に徐玲樹を守っていた羽林軍の兵士たちに皇城司した。

の兵が襲いかかる。剣のぶつかる高く鋭い音で部屋が騒然とし、すぐに血の匂いが充満
「ああ、ああ……」

凜は柱の陰でそれを見守りながら泣きそうになった。

数で圧倒的に劣勢の羽林軍の兵士が一人また一人と倒れていく。

人が死ぬのは、敵味方関係なく、悲しく残酷な光景だ。

「玲樹、諦めよ！」

皇帝の叫びに徐玲樹もまた叫び返した。

「これしきで諦めなどしない！　皇上の非道こそ、ここで終わりにすべきではありませんか！」

「なぬ。朕を侮るのか！　素直に勅書を渡せば命は助けてやろうものを！」

「皇上は、幼い第一皇子を罪人に突き落としただけでなく、成王にすら猜疑心を抱いている。一見、郡王と凜司苑を可愛がっている風に見えますが、利用するのにちょうどいいだけなのでしょう。私は他の者とは違う。罪に問われもしないし、利用もされない！」

皇帝は肘掛けに体重を掛けて叫んだ。

「捕らえよ！　その無礼者を捕らえよ！　死罪だ！」

皇帝の言葉に徐玲樹は剣を抜いて応えた。おそらく成王府で基礎を習ったのだろう。

徐玲樹の剣術は舞のような美しさを持ちながら、子陣のものによく似ていた。

長い髪を揺らして、人を斜めに斬る。血飛沫が天井へと飛んだ。

捨て身だからこそ、彼はなにも恐れてはいなかった。

――ああ、この人は全身で自分の辛さを表しているんだ……。

愛されない苦しみ、孤独、怒り、諦め、すべてが彼の剣に表れていた。

凛はその姿に涙がはらはらと出てくるのを止められなかった。

徐玲樹は鮮やかに三人の兵士を息も乱さずに斬った。

転がる兵士を跨いでまた別の兵士が彼に襲いかかる。

血の滴る剣を徐玲樹は持ち直した。

「かかって来い！」

「やぁ！」とかけ声をかけて二人の兵士が同時に剣を向けたが、徐玲樹は一人の腕を斬り、もう一人の脛を蹴って避ける。その瞬間、凛は気づいた。

――徐玲樹さまは急所を外している？

どうやら彼は心臓や首を狙っていない。

徐玲樹は野心家で少し歪んだ考えの持ち主ではあるが、皇帝を含めて人を殺して平気な人物ではないのだ。剣を振るい、人を傷つけるたびに苦悩を顔に宿し、彼のあがきは心を蝕んでいくように見えた。

――お願い、それ以上、苦しまないで……。

凛が心の中で叫んだとき、しびれを切らした子陣が徐玲樹の前に躍り出た。

どちらが先ともつかずに、剣がぶつかり合う。

力で押し合った後、二人は後ろに跳び退り、距離を取った。

——お義兄さま、玲樹さまを斬ってはだめ。それじゃ、誰も幸せになれない……。

禍根が残るだけでなく、皇位継承権のある子陣が徐玲樹を斬れば、きっと未来に暗い影を落とす。また徐玲樹が子陣を斬れば罪はもっと重くなる。

剣が十字に重なり、先に子陣が翻って徐玲樹の背をとった。

しかし、徐玲樹もさるもの。すぐに飛び退って首ギリギリにかすめた剣を避けた。

——止めないと。

もうあれこれ考える時間はなかった。

二人の剣が同時に大きく掲げられた時、凜は本能のまま、なにも考えずに前へと躍り出た。両手を広げて二人の間に飛び込む——。

「ダメ！」

子陣があっと声を上げて、剣を止めようとする。しかし、一度振り下ろされた剣は止まらない。凜の背に鋭い痛みが走った。斬られてしまったのだ。

「うっ！」

凜はそのまま倒れ込み、徐玲樹の左腕に抱きとめられた。

凜は力なく徐玲樹を見上げ、手を伸ばして彼の頬に触れる。

彼は戸惑ったように瞳を揺らした。

「もういいんです。あなたが、本当は帝位が欲しいわけじゃないのは、わかっています。ただ、皇上に——父親に真剣に向き合って欲しかっただけ。それだけなんでしょう？」

床に血がぽたりぽたりと落ちたが、凜はなぜか痛みを感じない。

「命をかけるほどのことじゃないです。ただ言ってやればいいんです。『あなたは父親として最低だ』って——」

「凜司苑……」

「そして言ってください……『お父さん、こっちを見てください』って」

凜の涙は頬を伝っていく。

じわりじわりと感じ始めた痛みに気が遠くなりそうになった。

「凜司苑！」

徐玲樹が凜を揺さぶった。

9

「皇上！　お願いでございます！」

成王が皇帝の前に這(は)いずって進み出たかと思うと、その前に額(ぬか)ずいた。

「どうか、どうか、玲樹をお許しください。ただ、哀れな子なのです」

「…………」

子陣は懇願する父を見て、慌てて自分も跪く。

「徐玲樹は陛下に毒を盛りましたが、毒死を企んだのではありません」

凛も薄らぐ意識を鼓舞して、徐玲樹の腕の中から皇帝を仰ぎ見た。

「その通りです。皇上を殺す意志がなく、殺すだけの毒を盛っていなかったということは……そう、現代で言うところの……『傷害罪』です。『殺人罪』ではないんです。だから、だから、殺人未遂で死罪なんて……どうか言わないでください」

朦朧とする凛の言葉のいくつかは理解できなかっただろうに、呉大理寺卿は法を掌る者として彼女の意見に同意のようだった。

「皇上、臣からも申し上げます。お噂通り、徐都承旨がご落胤であるのなら、重罪であっても死罪は重すぎるのではございませんか。実のところ、証拠の毒も未だ発見されておらず、証言のみしかございません」

――たしかにその通り。粉状の水仙はまだ見つかっていない。

凛は一拍を置いて――乱れた息を整え、皇帝を真っすぐに見つめる。

「わたしは、皇上にも後悔して欲しくはありません……どうか、当初の発表の通り、胃腸の病ということにして、幕引きにしてください……お願いです……」

皇帝はそれになにも答えなかった。蒼白のまま立ち尽くし、どうしたらいいものかわからない様子だった。しかし、愛娘の公主までも部屋に現れて叫んだ。

「お父さま、お願いです。お兄さまを助けて！　親子だから、想いがあるから、わたしの名前の玲月と玲樹の両方に『玲』の字をつけたんでしょう？　ほんの少しの情があるのなら、どうか命を助けてあげて……」

皇帝は皆の懇願に圧倒されていた。

ぼうぜんと、なぜこうなったのか必死に考えているようだった。そして次の瞬間――

膝を折り、玉座の前にうなだれた。己の過ちに気づいたのだろうか。

愛する人に、素直に愛していると言えない。たとえ誤解されても本心は誰にも知られてはならない、そんな立場ゆえの苦悩が、あったのだろう。皇帝は立ち上がりながら言った。

「朕は、常に皇帝たらんと生きて来た。それゆえに私人である自分を置き去りにし、大切な人々に苦労を肩代わりさせてきた……それが正しいとさえ思っていた」

言うなれば、この毒物事件は皇帝と徐玲樹の派手な親子げんかだ。今まで一度もぶつかり合ったことがなかった二人の、初めてのぶつかり合い。

皇帝はゆっくりと上座から下りて徐玲樹の前に立つ。皇帝の顔には疲れが滲み、目には涙が浮かんでいた。それをこの国の君主は天井を見上げて堪えている。

そして徐玲樹の方へ手を差し出し、おもむろに呟いた。

「朕が間違っていた」

小さな声だった。だが、成王も呉大理寺卿も、子陣さえも驚いて顔を上げる。皇帝が自らの過ちを認めるのは異例なことだ。

「玲樹。朕が間違っていた……」

皇帝はもう一度、広間に響くほど大きな声で言い、凜を抱く息子を見下ろした。

徐玲樹は大きく見開いた目で父親を直視した。

「そなたを守るのは朕の仕事だった」

目と目が重なり、ギュッと唇を結んだ二人の男はそれ以上なにも言わなかった。皇帝は衣を翻し、徐玲樹に背を向けた。君主としての威厳を保つためにこれ以上この場にとどまれないと思ったからだろう。でなければ涙が頰をつたってしまうから――。

「皇上……」

徐玲樹の声だけが、皇帝の背を追った。

凜は叫んだが、彼は涙を袖(そで)で拭(ふ)くのを見られまいと、垂拱殿の敷居を大股(おおまた)で跨いで光の向こうに消えて行った。

時が止まり、誰もが動くことを忘れた。

ただ、一人子陣だけが、膝をついて立ち上がる。

「都承旨、徐玲樹を捕らえろ。横領罪で捜査する」

謀反の罪をなかったことにできても無罪放免とはいかない。これだけ騒ぎを起こしたのだ。無罪では重臣たちが納得しない。噂されていた横領罪を問うのが妥当だ。

皇城司の兵士たちが彼を囲った。徐玲樹は凜を横抱きにすると、子陣の前に立つ。そしてなにも言わずに凜を子陣の腕に移した。

彼は来た時と同じように背筋を伸ばして片手を背にして歩いて行く。

「お許しを！」

華詩が暴れながら兵士に連れて行かれるが、斉勳は、兵に囲まれてもなお剣を拾い戦うそぶりを見せた。

「捕らえろ！」

子陣の命令より早く、斉勳は剣をふるい――そして、自らの首に深々と突き立てた。

謀反の大罪を負わされるのは自分ひとりだと観念したのだろうか。

――こんな風に終わっては欲しくなかった……。

好きな人ではなかったが、苦しみ息絶えるのを見ると胸が痛み、もっと違う解決策があったのではないかと後悔もした。

そして凜は急に、背中に痛みを感じた。

我ながら無謀なことをした。この世界に外科医はいないというのに自分はなにをしているのだろう。

「お義兄（にい）さま……わたし……うちに帰りたい」

「ああ。ああ。帰ろう、成王府に――」

抱かれたまま垂拱殿を出てみれば、階段でことの成り行きを見守っていた官吏たち百人ほどがいて、その向こうの前庭にはあたりを埋め尽くすだけの数の皇城司の兵士がいた。

凛は空を仰いだ。

「真っ青。雲ひとつない」

「昼寝日和だよ、妹妹……」

凛は目を閉じた。疲れてもうなにも言えなかった。

10

五月半ば――。

凛の傷は癒え、歩けるまでに回復したが、一時は危なかったらしい。

痛みのあまり、なんども気を失い、外科手術の代わりに刀傷を鍼と薬と根性で治さなければならなかった。

治っても、背中に入った大きな傷が消えることはないそうだ。鏡で背中を見るたびに、凛は体の持ち主である南凛に申し訳なくなる。でもこれは、皇帝だけでなく徐玲樹、そして子陣をも守った勲章だと思うと、少し誇らしい気持ちにもなった。

悠人が凛を成王府に訪ねてきたのは、そんな初夏の時分だ。

凛が、薄布のついた笠を被り、庭の回廊を歩いて行くと、悠人は月亮門の前を行ったり来たりしていた。

久しぶりに見た彼はニキビが治って、見違えるほどの好青年になっていた。髷も綺麗に結い上げ、清潔な浅葱の衣を着ている。

温室作りで体を使ったせいだろうか。肉体系になっていてなかなかかっこいい。これでは女官たちが黙っていないだろう。また推し活が流行りそうだ。気づかない彼の背に凜は声をかけた。

「ニキビ治ったんだね」

彼は振り向く。

「あ、ああ。凜が作ってくれた石けんのおかげだよ。そっちこそ傷はどうなんだ？」

「まだ痛いけど、ましになったかな」

「心配してた……」

悠人はそう言うと、首の後ろを掻いた。

「心配してくれてたんだ、ありがとう」

「当然だろ。そんなことより……凜の怪我が治ったら、話したいと思ってたことがあって」

悠人がいつになく真剣な表情で言い、二人は石畳の小道を歩きだした。初夏の日差しを避けながら、池の周りをめぐる。呱呱がガァガァと鳴きながら泳いでいた。悠人はなかなか本題に入らない。しびれを切らした凜は、葉を茂らせる桃の木の下で立ち止まり、口火を切った。

「で、話ってなに？」

「いや……」

「言ってよ」

　きらきらとする木漏れ日の下で、悠人は珍しく複雑そうな顔をした。

「……なんていうか……あれだ。まだ謝ってなかったと思って……」

「浮気のこと？　やめてよ。許す気なんかないし」

　許す日などこれからも来ないと凜は確信している。それでも悠人は「ごめん」と頭を下げた。凜はそれになにも言わず、ただ彼のつむじを見つめていた。「いいよ。気にしてない」などと言ってやる気にはならない。でも――。

「……もういいよ。いがみ合ってもしょうがないし」

　凜は諦め半分でそう答えることにした。悠人はこの世界で唯一の現代世界の人間だ。助け合うべきだ。しかも、車に轢かれた凜を救助しようとして自分もはねられたのだから、完全な悪人というわけではない。

「じゃ、復縁――」

「冗談やめてよ。一万歩譲っても友達」

「……そう言うとは思った」

　悠人はうな垂れて石に座る。

　凜は少し気の毒になった。現代に帰れば、彼には何不自由ない生活が待っているのに、この世界ではうだつの上がらない雑用係で苦労ばかりしている。

「オレ、ずっとこの世界に来てどうやったら元の世界に帰れるかばかり考えてきた。でも凜と再会して、この世界に適応しようと頑張っているのを見たら、なんていうか、オレもぼやぼやしてられないって思ったんだ」

凜は目を見張った。

いつだって、彼は凜に対して尊大だった。「結婚したら、家事はお前な」「オレはロングヘアの女しか受け付けないから、切るの禁止」などと平気で言ったものだ。それが今、悠人は凜を認めている。凜は信じられないものを見て言葉が出なかった。

「お前はすごい奴だったってやっとわかって、自分の馬鹿さ加減に気づいたんだ。だからまだ凜のことを好きなんだ。でも許してもらえないのもわかっている」

彼は凜を見上げた。

まっすぐな彼の瞳は、その言葉が嘘ではなく心から出たものだということを有弁に物語っていた。凜は困ったように肩をすくめる。

――悠人の気持ちには応(こた)えられない。

凜は以前の「悠人のために生きる」ような自分に戻るつもりはない。もちろん、悠人もこの世界で変わり、昔の彼ではなくなっただろう。けれど、凜は、彼の横に並ぶ自分をもう想像できなかった。

「ごめん」

「許す許さないの問題じゃなく、わたしは……新しい自分が好きなの。自分で自分のことを好きになれる人でいたいんだ」

「うん。わかるよ、見ていて。凛は前と違う。輝いている」

「でしょ？」

悠人はすくりと立ち上がる。

「だからオレもがんばろうと思うんだ」

「がんばる？　なにを？」

「医者になろうと思う」

「医者!?」

「うん。オレ理系だし」

理系と言っても工学部情報学科でパソコンがないとなにもできないと言っていたのに。

でも――自然と、凛は応援したい気持ちになった。

「いいんじゃない？　がんばんなよ」

「凛が怪我してなにかできないかって心底思って、王太医局丞に弟子入りさせてもらうことにしたんだ。ゼロからだけどがんばるよ」

凛はほっとした。悠人は悠人で自分の道を探している。やはり彼は凛が一度は恋した男だけあって、かっこいい。それに王太医局丞の弟子なら香華宮でまた会える。

「おい、凜！　どこだ」

　バタバタと足音がした。息を切らして現れたのは、過保護で心配性の趙子陣だ。彼は自分が凜を傷つけてしまったことを深く悔やみ、それ以後、凜の怪我が治るまでは目を離さないようにしている。悠人が会いに来たと聞いて慌てて捜しに来てくれたのだろう。

「お義兄さま」

「具合はどうだ。こんな日差しの強いところにいてはだめだ」

　小言とともに、子陣は悠人を一瞥したが、なにも言わずに凜の手を取った。

　悠人は「じゃあな」とだけ言って慌てて手を振った。子陣と衝突したくないようだ。

　子陣は、ただ凜に訊ねる。

「あの男はなんの用だったんだ？」

「医者になるんですって」

「ああ、そのことか」

「知っていたの？」

「推薦状を書いて欲しいと頼まれたから書いてやった」

　凜は驚いた。

「ずいぶん優しいのね。悠人のことを嫌いだと思っていた」

　子陣は鼻で笑った。

「凜のまわりをチョロチョロされるよりはずっといい」

凜は思わず声を出して笑いそうになった。絶対に悠人はそれを見越して子陣に頼んだのだろう。しかし、子陣はそんなことはどうでもいいらしい。一日に何度も訊ねる同じ問いを繰り返す。

「傷は大丈夫か……歩いたりしていいのか。朝食はとったのか」

「大丈夫だって」

まだ傷が痛む時もあるけれど、もう死にはしないと医者からのお墨付きをもらっている。子陣にこれ以上自分を責めて欲しくなかったから、凜は少しくらいなら痛みを我慢していた。

「それより、慌てていたけど、お義兄さまこそどうかしたの？」

子陣は朝議に出たのだろう。まだ官服姿だ。彼は複雑そうな顔をした。

「徐玲樹の処罰が決まった——流刑だ」

11

銭塘江（せんとうこう）は杭州が誇る大河だ。

河の幅が広く、流れはゆっくり。水は豊かで清らか。

柳の揺れる岸から目をこらしても、今日の対岸はぼんやりと霞（かす）んでいた。小道には初夏の草が生え、踏みしめるたびに蒼い匂いが立ち上る。

河の畔を凛は子陣の手を借りてゆっくりと歩いていた。

十歩ほど前には、皇帝と徐玲樹——親子の姿がある。

二人の声は風の音に紛れてここまでは聞こえてこない。

「徐玲樹さまはどこへ？」

凛は子陣に囁いた。

「父上の封国に赴く」

「お義父さまの？　たしか——台州だったよね？　玲樹さまは高貴な人でしょう？　流刑なんてされて大丈夫かな……」

「玲樹は書画に秀でている。食べて行くには十分だろう。万事ぬかりない男だし、きっと上手くやっていけるさ」

凛は頷いた。

才能が豊かであるだけでなく根性もある人だから、どんな僻地に行こうが生きていけそうだ。それより事件の結末が凛は気になる。なにしろ怪我で一月以上ずっと成王府から出られなかった。

周囲は心配をかけまいと彼女にほとんどなにも教えてくれなかったから、今日こそは子陣を問い詰めようと思っていたのだ。

「それで、どう片がついたの？」

「話していなかったか？　華詩は杭州を追放になったらしい。二度と自分の故郷の小さな村から出られないという沙汰だ」

「……そう」

凜は複雑だ。高善児を殺したのは華詩と言ってもいいのに、それに関しては証拠も不十分で、死体遺棄の罪だけが問われた恰好となった。

「牢に捕らえられていた福寧殿の三人は？」

李女官たちはどうしているだろうか。

「釈放された。衰弱しているが、すぐに元気になるだろう」

「よかった……」

そして凜はすぐにもう一人、気がかりだった人物の名前を挙げた。

「鄭上将は？　宮人とその子供は？」

「ああ。鄭上将は庶民に落とされた」

つまり貴族の身分を剝奪されたということだ。

「でも、皇上は恩情を与え、恋仲だった宮人を引き取ることをお許しになった。鄭上将が徐玲樹に従っていたのは脅されていたからだというのも響いたようだ」

凜は驚いて足を止めた。

「それじゃ――二人は？」

「夫婦になったようだよ」

宮人の腹はだいぶ大きかった。子供が生まれる中で禁断の愛が実ったのは喜ばしい。重い処罰も考えられたのに、これは異例中の異例だ。

　──徐玲樹さまの存在が皇上を変えたのかもしれない。

　皇帝は非情であることを自分に強いてきた。でも、今回は以前とは違う。情を感じる沙汰となった。しんみりとしかけた時、子陣が「あっ」となにかを思い出した。

「どうでもいい話だが、後苑の完掌苑が横領罪で捕まった」

「え？　なんで？」

「横領した金を徐玲樹に貢いでいたんだ。処罰は、まぁ、お灸をすえる程度だがな」

　あまりの馬鹿さ加減に凜は言葉をなくす。しかし、すぐに笑い出した。さんざん悩んでいたことが、こんな形で解決されると思ってもみなかった。

　──捕まった時の顔が見たかった！

「嬉しそうだな」

「処罰はわたしに任せてくれない？　肥を撒く仕事があるの」

「そんななまやさしいのが罰？　杖打ち五十回が適当だと俺は思うけど」

「お義兄さまは知らないのよ。肥撒きがどれだけ完掌苑にとって屈辱か」

完掌苑を宮人からやり直させ、反省の日々を送らせる方が、杖で何十回殴られるよりずっと重い罰となるはずだ。でも、処罰に関しては法と規則があり、凜が口を出せることではなかった。

「完掌苑に指示し、凜に嫌がらせをしたのも、牢に入れたのも斉動だった。俺への牽制もあっただろうが、奴は自分の姪と徐玲樹を結婚させたかったから、徐玲樹が凜に関心を寄せるのが許せなかったのだ。凜を成王府に帰そうとして悪知恵を働かせた」

凜は驚かなかった。凜を見る斉動の目には初めから敵意があった。

「そんなことだろうと思っていた。それでも……知っている人が死ぬのは悲しいね」

「そうかもしれないな……」

彼女は子陣に囁く。

「見て、皇上と玲樹さまってやっぱり親子よね。似ている」

「そうだな」

こうして並んでみるとたしかに二人はよく似ていた。背丈もそうだし、笑う時は俯く癖も同じだ。鼻の高さ、唇の厚さ、似ている箇所を見つけるのは容易い。

ふと、前方で、徐玲樹の足が止まった。

風に乗って二人の声が届いた。

「見送りはここで十分です」

もう少しいくと船着き場がある。

すでに旅人が船の帆が開くのを待っていた。

別れがたいのに、おあつらえ向きの南への風が吹く。出発の刻限は近い。

皇帝は思い切ったように顔を上げた。

「玲樹、そなたには苦労ばかりかけた。許してくれ」

「皇上……」

「かならず、杭州に呼び戻す。それまで辛抱していてくれ」

二人は頷きあったが、どうもぎこちない。

――こういう時は互いにハグするのが一番なのに。

凜は悪戯を思いついて子陣に片目を瞑った。嫌な予感に子陣が凜を止めようとする。

「おい、凜。なにをする気だ！」

彼が凜の手を摑むより早く、彼女は皇帝にわざと追突した。

「お、おおと」

まさか後ろから押されるとは思ってもいなかった皇帝はそのまま徐玲樹の胸の中へ。ちょうど二人は抱きしめ合うような形となる。

「こ、皇上……」

親子の初めての抱擁は見ていてなんとも固かったが、徐玲樹の遅すぎる反抗期には必要なことだった。皇帝もまた息子に抱きしめられることで、その思いを受け止め、言葉にできぬ愛を伝える。

「大丈夫ですか、皇上」

「あ、ああ……だが……その、あの……皇上ではなく……父と呼んではくれないか……」

「父……」

徐玲樹は、困惑の後、子供のようにはにかみ、笑みを浮かべた。

「父上……」

今度はもう凜が背中を押してやる必要はなかった。皇帝がきつく息子を抱きしめた。

「気をつけてゆけよ」

「はい……父上もお体に気をつけて」

二人はしばしの抱擁の後、照れ臭さを隠すかのように同時に凜を見た。徐玲樹が彼女の前に立つ。

「凜司苑」

「凜でいいです。凜だけで」

凜は両手を顔の前で振る。皇帝の息子と認められれば、徐玲樹は義理とはいえ従兄(いとこ)だ。今までのように他人行儀に気を遣う必要はない。

「……では凜。あの日、垂拱殿で私を止めてくれたことを感謝しています。それが言いたくてお呼びだてしたのです」

そっと大きな手が凜の頭に近づき撫(な)でた。避けようとすると、その手が耳朶(みみたぶ)を摑む。彼女は口を尖(とが)らせた。

「たぶらかそうとしているんですか。まったく節操がないです。今やあなたは香華宮で女の敵と呼ばれているんですよ」

「ははは。らしいですね」

事実、多くの宮人女官が「被害」を訴えている。

彼は凜に優しい目を向けた。

「傷はどうですか？」

「玲樹さまのおかげで、痛いですし、かさぶたは痒いです」

「それだけ元気なら十分でしょう。文句は私ではなく手元が狂った郡王に言ってください。でも、傷があったら結婚に差し障りがありましょう。責任を取って欲しいとおっしゃるなら、喜んで応じますよ」

凜は笑い飛ばした。

「これはいわば、武将の勲章みたいなものですからご心配なく」

「凜は面白いですね。皆と違う風に考える。普通の娘なら、泣き暮らしていますよ」

彼は少しからかう視線になる。

「褒めているんですか。それとも貶しているんですか？」

「つまり私は『愛おしい』と言いたかったのです。自分の考えを持ち、女だからと臆したり、愚かなふりをしたりしない。すばらしいと思います」

思いがけない言葉に凜はぱっと顔を赤面させた。告白なんて慣れていないだけでなく、紛れなく杭州一の美男に『愛おしい』『すばらしい』などと言われれば誰しも顔を赤くする。

「じゃ、三十までに誰も結婚してくれなかったらよろしくお願いします」

「……ははは……やはり、あなたは興味深い……」

影がある徐玲樹も素敵だったが、晴れやかな笑顔を見せる彼もとても魅力的だ。思わずこちらも笑みをこぼしてしまう。しかも、凜に向けるその視線はどこか愛しげで切ない。冗談めかしているが本気なのだろう。

「これをあなたに渡そうと思って持ってきました」

差し出されたのは一輪の橙赤色の花。

「萱草ですか？」

「別名は忘憂草といいうそうです」

「忘憂草……憂いを忘れる草、ですか……」

凜がそれを受け取ろうとすると、徐玲樹は彼女の髪に挿してくれた。

「凜の憂いも消し去ってくれますようにと願いを込めました」

「ありがとうございます。きっとそうなります」

凜は徐玲樹を抱きしめた。

「徐玲樹さまは一人旅立ってしまうけれど、もう一人きりではありません。お帰りを皆でお持ちしています」

徐玲樹は抱きしめ返し、凜にもう一度、微笑んでから子陣の肩を叩いた。以前のような冷たい目ではなく、弟を見るような慈愛のある瞳だった。

「また痛烈な皮肉を聞けるのを楽しみにしているよ」

「従兄上（あにうえ）こそ、お手柔らかに頼みます」

「皇上と成王殿下を頼む」

子陣は黙礼する。二人もいい関係になれそうだ。徐玲樹は皇帝に拝手すると、「では」と船の方へと向かった。

白い帆が翻り、青雲が広がって天が燦（きら）めく。船はゆっくりと大河の流れに身を任せ、動き始めた。風は穏やかに南へと吹き、大きな船はあっという間に河下に小さくなって消えてしまう――。

袖（そで）を振っていた凜は、しんみりと船の去った川面（かわも）を見つめる皇帝を見やった。

「皇上、この向こうに新しい天津飯屋ができたそうです。食べて行きましょうよ」

「……ああ。そうだな。そうしようか、凜」

皇帝の頬に素朴な笑みが浮かんだ。

参考文献

『夢粱録　南宋臨安繁昌記　1、2、3』著：呉自牧／訳注：梅原郁（東洋文庫）
『東京夢華録　宋代の都市と生活』著：孟元老　訳注：入矢義高／梅原郁（東洋文庫）
『中国喫茶文化史』布目潮渢（岩波現代文庫）
『茶経　全訳注』布目潮渢（講談社学術文庫）
『植物名實図考　上』編：楊家駱（世界書局）
『全訳　金匱要略』訳注：丸山清康（明徳出版社）
『「清明上河図」をよむ』伊原弘（勉誠出版）
『中国名茶紀行』布目潮渢（新潮選書）
『宋代官制辞典』編著：龔延明（中華書局）
『大宋衣冠　図説宋人服飾』博伯星（上海古籍出版社）

本書は書き下ろしです。

香華宮の転生女官 2

朝田小夏

令和4年 9月25日 初版発行

発行者●青柳昌行

発行●株式会社KADOKAWA
〒102-8177 東京都千代田区富士見2-13-3
電話 0570-002-301(ナビダイヤル)

角川文庫 23337

印刷所●株式会社暁印刷
製本所●本間製本株式会社

表紙画●和田三造

ISBN 978-4-04-112948-7 C0193

◇◇◇